吴美焕 何德凤 著

我们那个年代

🌐海峡出版发行集团丨海峡文艺出版社

图书在版编目(CIP)数据

我们那个年代/吴美焕,何德凤著. 一福州:海峡
文艺出版社,2025.6
ISBN 978-7-5550-4069-9

Ⅰ.I251

中国国家版本馆 CIP 数据核字第 2025KS6982 号

我们那个年代

吴美焕　何德凤　著

出　版　人　林　滨
责任编辑　林可莘
编辑助理　陈泓宇
出版发行　海峡文艺出版社
经　　销　福建新华发行(集团)有限责任公司
社　　址　福州市东水路 76 号 14 层
发 行 部　0591－87536797
印　　刷　福建新华联合印务集团有限公司
厂　　址　福州市晋安区福兴大道 42 号
开　　本　787 毫米×1092 毫米　1/16
字　　数　110 千字
印　　张　10.25
版　　次　2025 年 6 月第 1 版
印　　次　2025 年 6 月第 1 次印刷
书　　号　ISBN 978-7-5550-4069-9
定　　价　45.00 元

如发现印装质量问题,请寄承印厂调换

致敬圆梦前辈

——为吴美焕、何德凤二老回忆录作序

张建光

　　吴美焕、何德凤两位耄耋前辈、恩爱伉俪在幸福晚年用心撰写了自传体回忆录《我的人生不是梦》和《我从高林走来》，记录了他们充满艰辛、坎坷又美满、幸福的人生历程，并以《我们那个年代》为书名合卷出版。他们的子女托我为二老的回忆录写序。虽近期任务缠身，但深感此嘱难以推托，理应忙里偷闲，认真完成任务。愿接此任务原因有三：

　　一是应兄弟之托。子华是二老的长子，也是我的连襟，而他的弟妹们既是我的姻亲，也都是我的好友。这次子华商请我为其父母回忆录写序，这既是他这位孝子对我这位兄长的重托，也是我难以推辞的应尽之责。

　　二是向长辈致敬。我历来惯称二老为"局长"，吴老曾任政和县林业局局长、工商局局长，何老曾先后任县文教局、文化局主持工作的副局长，深受我这位当年团县委的青年头和初出茅庐的文学青年的尊敬。我的父母及我和子华的岳父母，都与两位老局长素有交情且还是姻亲，故我的父母及我的岳父母

走后，我自然而然就把健在的二老看得更亲更重，每每回政和都要上门看看他们，与弟兄们共享敬孝长辈之乐。因此，能为二老的回忆录作序，也是表达我对父辈崇敬之情的难得良机。

三是悟人生之旅。二老的人生，既有他们那一代人历经新旧社会命运转换的普遍性，更有共产党干部历练成长并终生与党同心同德的真实性；既有工作、学习和事业上的进取性，也有修身、齐家并用心培育后代形成良好家风的典型性。阅读二老的回忆录，其实就是阅读人生，感悟悲欢，品味得失，收获滋养。因此，我很乐意把为二老回忆录写序之累，变为自己体味、思考人生的快乐之旅。

据了解，二老的回忆录都是吴老执笔撰写的。其中《我从高林走来》是何老自述，由吴老整理的。当然，子华及子龙、吴海、庆玲四兄妹及妹夫许志文也为回忆录的润色和修改花费了不少心血。两人的回忆录总体都是按时间顺序，平铺直叙，朴实无华，内容既是对他们人生历程的真实记录，也具有文史价值。在我看来，此书的价值有以下几个方面：

一是史料的参考价值。两位具有70多年党龄的长者翔实、细致的记叙既是对二老个人奋斗成长和幸福生活的描述，也是中华人民共和国成立以来政治、经济和社会生活巨变的缩影和写照；既有其于各历史阶段的亲身经历，又有从乡村基层到县城机关，从农业、工业、林业到文教、卫生、工商等无数岗位上的奋斗、奉献，其深情回忆和生动叙述的许多人和事，都让我处处感受到历史的厚重和第一手史料的翔实、珍贵。现在的年轻后辈已渐渐远离过去，也许将来都难找回淡忘的历史。因此，我觉得本书这样的回忆录，不是可有可无，而是越多越好，甚至越细越好，有助于年青一代了解前辈的奋斗史及中华人民共和国成立后的社会进步和变化，对社会教育和文化传承具有积极的意义。

二是奋斗的人生价值。二老分别是放牛娃和童养媳出身。他们感党恩，听党话，跟党走。从参加工作到退休，他们都各就其位，聚少离多，以至其四个子女都只能在奶妈、保姆和农村外婆家长大。他们以组织的事业为使命，以革命工作需要为己任，从不向组织讨价还价，从不伸手要官要待遇。吴老官至正科，他回顾自己的一生，认为已经超越自己的梦想；何老20世纪60年代初就任熊山公社党委副书记，1975年后先后主持县医院、县文教局和县文化局工作近10年，1984年根据干部队伍"四化"要求被调至县纪委办公室，一直担任副科级干部直至退休，但她毫无怨言，始终对组织胸怀感恩，工作兢兢业业，生活上知足常乐。两位老党员干部都展现了忠诚初心和坚强党性，他们的工作和生活态度对后代发挥了潜移默化的作用。难怪子华曾向朋友们坦露他小时候的"从政野心"：当一个公社革委会副主任。因为他的父母曾分别担任杨源和镇前公社革委会副主任。这也说明，父母是孩子的偶像，言传身教的榜样示范作用是巨大的。

三是奉献的社会价值。二老一生职务不高但贡献不小。他们无论在哪个岗位，都尽责履职，拼命工作，无私奉献，既收获成就，也留下良好的口碑。比如何老，无论是在村、乡、区、公社，还是在保健院、县医院、文教局、文化局等各个岗位上，都以超强的毅力和拼搏精神成就了在那个年代所能创造的骄人业绩。她一个没上过学的女干部，能让省城下放到政和县医院的众多专家学者个个发光发热，同时将她视为终生的好友。能把政和的文化事业推进全区的先进行列，令人感叹。再如吴老，无论在平原区石屯任主官，还是到高山区杨源当助手，也无论是到县良种场育良种，还是调至林业局、工商局搞改革、管市场、带队伍，都脚踏实地，兢兢业业，干得有声有色，精彩纷呈。他们的为民理念、实干作风、奉献精神和政绩口碑，都验证了"政声人去后、民意闲谈中"的道理，值得我们借鉴和学习。

四是家风的传承价值。二老辛劳奉献一辈子，除了全家艰苦奋斗自建的那套砖木结构的粗糙私宅外，没给子女留下什么物质财富，但是他们精心涵养和培育了一个好家风，给后辈留下了丰厚的精神财富。他们乐享清贫，尊老爱幼，乐施好善，热情好客，坚持以德齐家，从严管教子女，养成了良好的家风，为子孙后代留下了立身处世的基本准则。其中，孝道传家，在他们家体现得最为充分。二老本身就是孝子、孝女的典范，最让人羡慕的是吴老对岳母怀有的深厚感情和何老对夫家老小的母爱情怀。而他们子女对孝道的传承，更被街坊传为佳话。二老晚年不愿远离家乡故土，坚持要从厦门回政和老宅安享晚年。子女们虽各有家庭和事业牵挂，但都以老人为中心，不仅雇人全天候照顾守护，还实行四兄妹轮流值班陪伴制，电话问候更是子女们每天必做的功课，就连孙子和曾孙辈都对他们孝心满满，让二老赞不绝口，十分欣慰。百善孝为先，家风孝为首。习近平总书记说："家风是一个家庭的精神内核"，"是社会风气的重要组成部分"。从这个意义上说，编撰回忆录，总结和传承好的家教和家风，也是传承发展中华优秀传统文化的可贵善举。为此，我愿为二老的回忆录点赞。

（张建光：国际儒学联合会副理事长、中国作家协会会员、福建省文史研究馆馆员、中国朱子学会顾问、南平市朱子文化研究会名誉会长、考亭书院学术委员会委员，第四届南平市政协主席；曾任政和县政府县长、武夷山市政府市长、武夷山市委书记、南平市人大常委会副主任、南平市委常委兼市委宣传部部长、第十一届福建省政协提案委员会副主任）

目 录

我的人生不是梦

——吴美焕回忆录

我从高林走来

——何德凤回忆录

我的人生不是梦

——吴美焕回忆录

　　当我提笔撰写这部回忆录前，我曾犹豫是否需要以正式的文字记载我人生旅程的点点滴滴。最终，我还是决定用好我最后的时间，把自己艰辛、困苦而又奋斗、幸福的一生记述下来，作为给后代的一份礼物。回顾走过的路，我认为自己在个人发展、社会贡献和幸福感等方面都超越了梦想。

　　我于18岁，即1951年2月1日参加革命工作，至1994年60周岁时退休，在工作岗位上奋斗了43年。虽然历尽艰辛，但都很好完成了各项工作。我参加工作后第二年入团，第三年为预备党员，第四年转为正式党员，提任铁山区委宣传委员并提薪，定为行政22级，时年21岁。组织上对我予以培养和信任，我也坚决听从上级命令，始终服从组织安排，在43年工作中先后调动18个单位，调整职务24次，忙忙碌碌43年，最后是在县工商局局长（总支书记）岗位上退休。

　　退休后，我回归家庭，但并没有把退休当作生活的结束，而是把它当作另一个全新篇章的开始。我开始尝试在岗时没有时间做的有趣有益的事，既能照顾家人陪伴朋友，也能进行公益事业。退休生活也有许多值得纪念的瞬间。

我的回忆以时间顺序列14项分述于后。

一、出身贫寒，童年艰辛

我于1933年八月初三（9月22日）出生在离政和县城10.6公里的铁山镇大红村元尾自然村。我出生时家里除了我父亲吴马河、母亲宋陈凤，还有我的爷爷吴光灿和姐姐吴美玉，一家共5口人。在我两个多月时，我爷爷就不幸去世了，年仅55岁。后来，我堂叔对我说："你爷爷临终时，你被人抱去玩，他叫人四处去找。他见了你的面，摸摸你的手才断气。"可见我爷爷对我的疼爱和不舍。在缺医少药的旧社会，我奶奶寿命更短，37岁时就离开人间。在我之后，我父母还生育了五男二女，我的二弟6岁时因得肝炎不治身亡，小妹一出生就因缺吃少穿、饥寒交迫而夭折。我9岁时，12岁的大姐因得了鼠疫不治去世，全家人万分痛心。全村搬迁逃疫，一年后才搬回。

我的父亲吴马河是独子，个子虽只有1.56米，但很睿智。他小时候爷爷供他读了些书，在村里算得上是个有文化的人，村里乡亲们需要写个便条、借据、地契或择日子、为婚丧喜事写对联都会找他。他精于珠算，小九归、大九归都烂熟于心。我十二三岁时他还用心传授我珠算。中华人民共和国成立后，土地改革时，村里没收地主财产、分田地的数字整理全靠他的一把算盘。土改工作组组长杨廷贵在第三批土改转到高林畲头村时，还特地把我父亲带去帮忙做统计工作。由于子女多，我父亲经济负担重，要料理一家大小七八口人生活，日子过得非常艰难。但他好动脑，善于经营，虽由于个子矮体力差，耕田乏力，但却有经商意识。他卖牛、贩猪、养鸡鸭，也做过柴火生意。他将松木劈成块状晒干后，趁春夏雨季水涨，从河里运送到城关步廊坝起岸，或批发或零售。父亲在村里受人尊重，抗日战争胜利后至解放战争时期，村里民众要选他当保长，但他理智地拒绝了。

我的母亲宋陈凤是张元人，贤惠善良，勤劳寡言，一心相夫教子，日夜操持家务。她不仅要管八口之家的每日三餐，还要管一家人衣服的浆洗缝补，我目睹她借助昏暗的油灯为全家大小纳鞋底制布鞋，每天从天亮忙到深夜方能就寝。每年赶庙会时，母亲就给我们兄弟姐妹每人做一套最便宜的白龙头布衣服。走出家门时，别人都笑我们像一群白羊。白布衣服穿脏了没法洗，想要染成黑色又没钱去"洋染"，母亲就教我们自己去采乌桕叶做染料，把衣服染成暗灰色。补了又补的破烂衣服在劳动时穿，遇到家里有客人，我们不好意思从正门回家，要偷偷从后门回房，换件好点的衣服才能出来见客人。冬天没衣服换洗，身上虱子、跳蚤也多，我们总是被咬得瘙痒难忍；夏天蚊子多，没蚊帐，母亲让我们白天准备灭蚊草、竹片，晚上点燃熏杀蚊子，一家人饱受蚊虫叮咬之苦。

我作为长子，也要做各种家务事。我母亲生我二弟时，我仅12岁，就要早起帮母亲做饭，学会了捞饭、蒸饭。我做好饭，母亲料理弟妹起床穿衣后便接着煮菜。中华人民共和国成立后，我参加了工作，家庭生活有所好转，但我母亲操持家务之艰辛并没减轻。在三年困难时期，特别是1960年，每人每天不足一斤粮，她除了要保证6岁的小弟弟吃饱外，还要节省些米以应付接待亲友、客人之需。我当时工作的单位是县国营造纸厂，作为厂长的我工作非常繁忙。见她饿得骨瘦如柴，我叫二弟把母亲接到我家，调理了一个星期，虽身体有所恢复，但由于她积劳成疾，体质太差，因重感冒和上吐下泻脱水后不治身亡，年仅50岁。每每想起来，我都觉得自己心不够细，未尽孝道，终生内疚痛心。母亲去世后，我父亲多数时间与我大弟弟在一起，为一大家子的生计精打细算，为养孙儿也尽心尽力。大红村有悠久的制茶历史，是政和重要的茶产区之一。我父亲精通茶艺，产茶季节夜间加班是常态，非常辛苦。父亲73岁时，我叫他不要再干农活，于1973年把他接到县城和我们一起生活，但他觉得离开乡村、不干农活身体反而一天比一天差了，坚决要求回到老家与大弟弟一起住。父亲于1984年4月26日因心脏病离开人世，享年78岁。

回想起父亲，我深感他生活的不易，即使在艰难时期也努力保障了我3年私塾教育。在我7岁时，我父亲与同村的其他家长商量，请了一个叫何仲楠的教书先生驻村教私塾。我从《三字经》学起，3年时间共读了7本书，即《三字经》《百家姓》《曾广贤文》《大学》《中庸》《学而（上论）》《先进（下论）》。老师一天教几段，让学生次日背出来。我学过的一般都会背，同时我们也学写毛笔字。前期老师每天用红墨水写一页红笔字，让学生摹写；后来就由老师横着写一行，让学生竖着一列写到底。有时老师写字模，让学生垫到薄纸下摹写。最后就是由老师指定书目，叫学生自己抄写。私塾先生教书法要求很严，要求坐姿和手势端正，做到身正笔正，写字要方正工整有力。此外，老师纪律严明，不听话的学生都会挨打。老师桌上放有一把专门打学生的戒尺，学生违反纪律或背不上书，就得伸手挨打，直到打得红肿。我8岁时到我外婆、舅母家去做客，他们问我书念得怎么样，要我背书给她们听。我能把《三字经》《百家姓》《曾广贤文》等整本倒背如流。私塾的3年学习，为我奠定了读写的基础。

看着我的孙辈们过着幸福的生活，我也常跟他们讲起我5年的放牧生活。弟妹陆续出生后，为了一家大小的生计，我10岁那年就停学了，父亲让我去放牛。那时帮别人放一头牛，每个月收入有4斗米，约20斤。一开始我只放两头，随后数量增多，于是建了一个大牛棚，足有七八十平方米。12岁开始，我放牧10头牛，每个月收入200多斤米，可以让全家不饿。刚开始养一两头牛，年纪尚小的我还觉得好玩，养多了就有点顾不过来，要整天跟着牛群去钻芦苇丛。冬天戴着羊毛线编织的帽子钻荆棘窝，帽子被刺钩去都没有察觉，晚上冷了，才想起帽子，第二天原路返回去找。有一次我在赶牛时不小心被竹子刺伤左眼，因没有及时医治，至今还是外伤性白内障。有时牛群分散跑开，把别人的庄稼吃了，就有人上门来告状，轻则要替人施肥、补苗，重则要赔偿。过去豺狼也多，要时刻提防豺狼侵害牛群。有一次一头"豺探"（狼群的侦探）一直跟在我背后不远处，一开始我还以为是谁家的狗跟来，看远处还有好多头豺狼，才知道是被狼群盯上了，急忙把牛群赶回家关进牛栏。

在放牛期间，我常常还得兼顾砍柴、种菜、挖笋、采苦菜等活计，晚饭后我还得加班搓麻绳、打草鞋、给床铺做草垫御寒。在那艰苦的岁月想为家人改善生活，我还学会了拣田螺、钓鳝鱼、抓泥鳅、下河摸鱼、挖沟排水捞虾，能偶尔改善伙食，也补充了成长所需的营养。

尽管父亲做小生意和我放牛增加了一些收入，能勉强维持生计，但由于弟妹都小，生活仍然困难，入不敷出，借贷欠债是难免的。穷人欠债，就怕过年，一到过年，债主就逼债上门。有一年除夕，因父亲欠了一笔债，债主上门催债，家里没钱还，就把一头牛牵走抵债。这头牛很聪明，也很依恋主人。它被牵到政和城关，关在下药的一个草棚里，半夜挣脱了绳子，从东门过河，天亮就回到了元尾家中牛栏门口。第二天正月初一，我看见牛回来，无比兴奋，上前抚摸它。到初二中午时分，那姓陆的债主派人来找牛，但知道牛被赶回去也看不住，只好交代我们管好，我别提有多高兴了。

我在同村同年龄的孩子中，是受大人们赞扬较多的一个。很多农活我一看就懂，一学就会。我15岁时，就顶大半个劳动力了，翻土、犁田、劈磅、插秧、收割、播种小麦等农活，样样都会。那年冬天种小麦，有一天大清早我就替父亲扛着犁赶着牛，到5里以外的南涧去犁麦地。一群大人们在那等待，看见我就问："犁田师傅怎么没来，叫你一个小孩赶牛来？"

我说："我就是犁田师傅。"众人投来怀疑的眼神问："你这么小会犁田？"我把犁绳挂到牛脖子上就开始犁地。因为我年纪小不抽烟，不需要休息，我的那头公牛力气大，又服我驯使，所以那一天到下午早些时候就犁完麦地了。他们啧啧称赞，说："这孩子聪明能干，以后谁的女儿嫁他准幸福。"我虽然还小，但有很多人上门来为我做媒，我父母亲都说我年龄还小，一一回绝了。

抗日战争胜利后，蒋介石挑起全国内战。国民党大抓壮丁，提出"三丁抽一五抽二"，有兄弟和兄弟多的人都难免被抓壮丁。我父亲看我已有1.60米多高，又是四兄弟里最大的，说不定哪天就被抓走当壮丁了，所以他心急如焚，到处求情想为我在当地乡公所找一个差事，以免被抓壮丁。但乡公所人员说："乡公所有一定职位的差事都需要初中文化程度。"1948年下半年，我16岁了，我父亲就把我送到县城读书。刚好这年上半年有三个国民党逃兵逃到我们村里找落脚之地，其中一个年龄最小的邵武人就安排在我们家落户。家里增加了一个劳动力，我进城念书时他就能助父亲一臂之力。在3年私塾的基础上，1948年9月，我在政和师范中学附小（北门小学）四年级插班就学。1949年上半年我转到星溪完小就读。同年3月18日，南京解放后，全国局势大变动，本县地下游击队进城四处张贴革命标语，并从南门和我们的大红村抓走了几个地主、乡绅。国民党驻政和保安部队第四团（简称保四团）有100多人，就驻在政和东门（现政和一中坡尾粮库），经常出动去镇前宝岩一带"围剿"地下游击队。这一年秋天，县长张文成的两个连兵力在镇前角坂被我游击队打败，国民党兵死20多人、伤30多人，落荒而逃。时局乱了，学校也就闭学了，我们这些学生也都返乡了。解放军渡江后，在长江以南各省势如破竹，国民党兵败如山倒。1949年5月，国民党卫立煌部五千溃军从江西路过政和去霞浦渡江逃往台湾。溃军在政和抢商店，奸淫妇女，干尽了坏事，城关很多人逃到乡下避难。我们大红村村民怕溃军来袭扰，就由男人白天把晒谷子的竹席和木板搬到山上搭好帐篷，晚上妇女、孩子就带着被子上山在帐篷里过夜。

当我回首童年，那充满艰难困苦的成长历程，依然历历在目。艰难岁月里的酸甜苦辣，仍然是我心中最清晰的记忆。

二、迎接解放，投身革命

1949年5月23日，长期驻扎在政和县高山深处的闽浙边地区游击队配合中国人民解放军第二野战军152团解放了政和，全县人民倾城欢迎。6月20日，政和县人民政府成立，陈正初任县长。县人民政府成立后，取消了伪保甲制度，将全县划为城关、东平、镇前、铁山4个行政区和82个行政村。同时，中国人民解放军要在政和招考军政大学学员。我也想去报名参军，但一方面父母不放心还不满16周岁的我离开他们，另一方面我怕自己小学还没毕业，要考取军政大学难度大，犹豫之下，最终没去报名。

1949年，国民党潜伏的残余势力不甘失败，上山为匪。敌对势力造谣说"共产党政权仅有3年"。政和刚组建的县大队在敌人挑唆下，有一个班叛变了，连人带枪上山为匪。高林有个叫刘良锡的就是从县大队排长叛变为土匪营长，最后被枪决了。1950年冬，政和人民在中国共产党领导下，轰轰烈烈地开展了"抗美援朝，保家卫国，消灭土匪，镇压反革命，保卫政权"的运动。按照"首要必办，胁从不问"的方针，严惩一批匪首、恶霸和特务。全县共歼灭土匪1159人，国民党所谓的福建前线特级司令部暂编第三一七团、三一三团被全部歼灭。

我辍学回家耕田，在村里听剿匪部队做国际形势和保家卫国的报告，群众纷纷组织起来，支持新政府和剿匪部队，我们见证了国民党残余匪帮的彻底灭亡。

1951年2月1日，我跟随刚上任乡长的表叔陈高积去铁山区公所（设在江上）参加建乡会议。政和县镇压反革命取得基本胜利之后，全县设4个区，新建立了39个乡。会后我随乡长陈高积、财粮干事魏遇春、民政干事谢利庆等5人到设在范屯的乡公所上任。当时的任务有三：继续发动群众，消灭尚未下山自首的少数残余土匪，保卫政权和保证人民安居乐业；大力宣传抗美援朝，发动群众开展签名、捐献活动；开展反霸斗争和减租减息运动。

我于1951年参加工作时才18周岁，文化程度尚不高。有一次我以通讯员的身份到洋屯去送信，刚好碰到洋屯农会主席为贯彻上述三项任务在桥上开群众大会，我就被拉到会场、推到台上介绍说："现在请吴同志给我们讲话。"我从未上过讲台，也毫无准备，开始几分钟心怦怦跳、满头冒汗，讲了几分钟后紧张情绪得到缓和，逐渐适应，有条理地讲了十多分钟，经受了一场上台讲话的考验。几天后，我随谢利庆到畲头村召开反霸斗争大会，揪出两个当地恶霸，没收、清算他们的财产，并分给群众。

1951年6月，政和县取消大乡，扩建小乡，我又被分配到高林乡公所任民政干事。当时乡公所只有3个人，一个乡长和两个分别负责财粮、民政的干事。乡长年龄较大，我们两个干事都是年轻小伙。我们的任务除了继续宣传抗美援朝，发动签名、捐献以外，还要宣传贯彻华东人民政府十大政策，组织互助合作发展农业生产。这时还有个别残匪在作乱。一天晚上，我在农会开会时，就有一个本村未自首下山的土匪在后门偷听我们开会内容，估计是被派来打探消息的。会后有人来报告，我们就安排第二天晚上继续开会，同时布置民兵在农会附近埋伏。会议开始，这个土匪果然又来偷听，民兵一喊，合围抓捕。但因为民兵没有经验，让他从屋顶上逃脱了。过了几天，这个残匪在邻县松溪被民兵抓捕，送政府法办。

中华人民共和国成立初期，人民群众拥护党和政府，听党的话，对各种活动很热心，参加会议很积极。开会时，我们几个年轻人上台讲话，分工明确：乡公所财粮干事叶相尧讲"十大政策"，抽调下乡的老师严爵兹讲抗美援朝，我就讲"互助合作"。群众非常认真听讲，工作开展得很顺利。

这一年的6月份开始，在全县范围内分三批（每批三个月）开展了轰轰烈烈的土地改革运动，实行民主建政。高林是第三批进行土地改革的。首先要宣传政策、发动群众、揭发批斗地主；其次是登记、核对土地、森林，划分阶级；最后分配土地、发证到户，民主选举乡政府和各种组织。我负责土地登记和发证工作，除了做好乡所在地高林本村土地发证以外，还要到桃坪配合土改工作队核对土地登记是否有误，以保证土地发证质量。土改后，就发放贷款，组织互助合作，大力发展农业生产。

1952年11月，我被调到铁山区委任宣传干事。前任干事刘芳龄受命赴省农科院学习，离开时与我做了工作交接，学习期间他仍与我保持联系。我们时常通信，他拜我为兄，成为我唯一的义弟。

我任区委宣传干事时，区委书记是南下干部杨成森同志，宣传委员是吴振宽同志。那一年冬天展开了"中苏友好月"宣传活动，区委派干部分片去做报告，发展宣传员，建立宣传网，组织幻灯队，设宣传栏，办黑板报，以"中苏友好月"宣传推动互助合作和农业生产的发展。当时我在分片负责的凤林做得比较出色，后来在建阳地委党校宣传系统训练班上，地委党校要求我根据带去的汇报材料做经验介绍。我也是第一次在全区规模的大型会议上发言，虽然有些紧张，但发言内容条理性强，总体效果很好。

1952年，全县开展了"反贪污、反浪费、反官僚主义"的"三反"运动。重点在县级以上机关进行，基层主要接受"三反"教育。1953年初，县委分批办"三反"培训班，组织学员听"三反"宣讲和形势报告，给学员上党课，在训练班上发展党员，为普遍建立基层党组织打基础。我爱人何德凤就是在第一期训练班上入党的，我在第二期训练班上申请，于4月份在区委会宣誓入党。

我入党后，肩上担子越来越重。有一次区委书记杨成森叫我写"中苏友好月"工作总结，因为我文化水平有限，感到力不从心，重写第三稿后还是由杨书记亲自修改再上报组织。这对我的教育和震动很大，于是我下决心刻苦学习，锻炼写作能力。除了吃饭睡觉的时间以外，我拼命学习，一到县城就钻进新华书店，购买各种学习资料和书籍，如《为人民服务》《中国革命与中国共产党》《如何写作》等。我工作之余一直坚持学习。

一年后的1954年4月，新调来的区委书记李文芳同志就上报任命我为区委宣传委员。除了一般性宣传工作以外，我主要

1953年区干部欢送区委书记杨成森（我在二排右二）

负责培养训练基层积极分子、发展新党员。我到各乡村去办班培训，边上课培训，边发展党员。不仅要抓教育，我还要和积极分子单独谈话，当新党员的介绍人。我不仅做宣传工作，也把全区的组织工作包了。1953年至1956年初铁山区所有新发展的党员的培训、入党申请、入党宣誓等一套手续，都由我一手操办。这期间在铁山区由我介绍入党的新党员就有23人。

三、组织关爱，选送培训

1956年4月，我被调到县委党训班（党校前身）担任副主任，主任由县委副书记樊占彪同志兼任。我到县委报到后就参加了全国开展的审干、肃反培训班。

在培训期间，参训人员首先要过"审干"这一关。审干办公室发了一份书面通知给我，需答复三点：1.你正式转为国家干部是1952年8月，但你填入伍时间，为什么填的是1951年2月？我答：因为这个时间铁山区委抽调我到启贤乡、高林乡。2.县组书面任命你为区委宣传干事，你为何填写区委宣传干事兼秘书呢，秘书是何时任命的？我答：兼区委秘书是区委书记李文芳同志在区委会开会时宣布的。3.你的社会关系，有何历史问题？我都一一作答。

过了审干这一关才有资格到审干、肃反办公室做审查工作。在弄通弄懂这项工作的重要意义和方针政策以后，参训人员就分组认真审阅审干、肃反对象的档案，列出每个对象要调查的问题、调查的地点和路线。一开始我被安排去北京那条线调查，后经领导研究又把我留了下来，安排在审干、肃反办公室（办公室主任是周作焕同志），负责与各地调查组的联系和汇报工作。当时全县699名干部，因不同政治历史问题被列入审查的有261人。通过全面审查考核，为大胆提拔任用干部打下了基础。有重大历史问题的人员则被列入调查对象。

下半年省委党校第12期轮训班分配给我县6个轮训名额：中级班县处级1人，初级班区科级干部5人。选送对象由县委研究决定。中级班县处级由地委研究报省委备案，定县委副书记师仁忠同志参加；初级班初定人选有农工部长段瑞彩、区委书记范义铭，县委档案室李马庆、卫生科科长薛志德和我一共5人。名单由县委组织部填表上报后，省委党校派人赴各地区进行笔试和体检。县委组织部通知我去填表，之后我们5人就去建阳地委参加笔试、体检，由省委党校派人监考。在党的

南平地委党校结业照（我在第三排左一）

基本知识方面，我比较有把握，因为我在区委负责培训党员期间，熟悉掌握了党的基本知识，答题正确率高。比如"党的最高原则是坚定维护党中央权威和集中统一领导"，很多考生都错答成"民主集中制"。试题答完后，每人要写一篇文章，主题可从党的领导、工农联盟、农业合作化三个题目中选择，我选择了最熟悉的农业合作化。论文写得比较理想，我的考试成绩名列第一。通过考试，政和县最后确定让我和薛志德、李马庆同志3人去省委党校学习。

我8月底赴省委党校学习半年，要学5门课程，即哲学、政治经济学、中共党史、党的政策、党的建设。哲学是最难懂的课程，对文化偏低的人来说较为吃力，加之我在区委工作时负担过重，日夜加班，运动少，身体欠佳，在学习的最后阶段病倒了，咳嗽咳出血。经检查，我患了肺结核，被送进省立医院住院治疗，毕业典礼也未能参加，春节也在省立医院过，全家人都为我担心。1957年春节后的2月初，我才出院回政和。在学习期间，我在莆田县农业局任农艺师的义弟刘芳龄，特地来福州看我，我们一起吃了饭、照了相。我没能参加毕业典礼，但全班同学集体来医院看望我，并将毕业照送我一张留念（缺我）。在省委党校半年的学习为我之后掌握党的理论和方针、政策，顺利完成各项工作，打下了必要的理论基础。

1958年，为适应新形势发展的要求，县委再次派我到省委在漳州办的第二党校学习三个月。经过几次高水准的学习培训，我的理论水平、分析问题和解决问题的能力得到了很大的提升。

福建省委漳州党校结业照（我在右三）

　　此后，1963年县里又派我带队去福安地委党校学习。这次一起去学习的共13人，有县卫生科科长吴保民、镇前区委副书记郑玉和、县法院副院长高延祥、县茶厂厂长李凤棋、新华书店经理孙向斌、邮电局局长林金泉、粮食局局长李荣坤等同志。我是培训班支部委员、政和学习小组组长。后来县里又于1978年和1980年两次派我带队去建阳、南平地委党校学习。1980年县委组织部部长陈纯台同志派我带队去学习，全体8名学员，结业考试成绩优异，从1979年的第一批参训人员结业考试成绩全区倒数第一进步为全区第三名。我把考试成绩单带回来交给陈纯台部长，他感到非常满意。我先后5次在省、地委党校学习、培训，深感党组织对我的培养和关爱，使我越来越深切地体会到理论学习和实践对工作和成长的重要性。

四、适应新要求，改行搞工业

随着全国掀起工业大上马的浪潮，我县工业也有一批新上马的骨干企业，如红专铁厂、通用机器厂、水泥厂、国营造纸厂等。创办这些国营企业要从行政机关抽调骨干力量担任主要领导，我就在1960年1月被派到政和国营造纸厂任书记，厂址位于后来的水轮机厂的位置。当时强调书记挂帅，要求坚持党的一元化领导。我对工业不熟悉，只好边干边学，脚踏实地从头学起。当时造纸是以草浆为原料，靠稻草加化学原料蒸煮打浆，用烟气烘干。我到任前，该厂上马两年多还生产不了产品。1960年是困难时期，我上任后，一方面要发动职工群众创造革新，过产品质量关，尽快出产品；另一方面又要帮助职工群众渡过粮食困难关。当时全厂60多名职工，大部分是学徒工，工资低，每个月仅18元，正式职工也只有25—28元，个别技术工也才挣30多元。粮食也不够吃，每个月定量才28斤，部分职工因粮食定量低，吃不饱，得了水肿病住院。这一年冬天，中央提出可"自由一季"，我就联系解放大队分配给我们10亩冬闲山垄田用于种小麦，发动职工种了一季小麦，还发动部分农村来的职工上山挖山粉、葛藤根，以补粮食之不足。我带领全厂职工闯过产品质量关、粮食困难关后，县委工交部杨学勤部长带全县工交系统干部、职工代表共百余人来政和造纸厂参观考察，大家品尝了我们职工自己上山挖的山粉做的山粉羹，每人还收到了一本涵盖各式各色文化纸样品的册子。杨部长称赞道："你们是自力更生、战胜困难的典型。"
县百货公司经理范寿才在纸张供应极困难时收到了我们提供的
几十吨各色优质文化纸，带领全公司职工敲锣打鼓给我们送来
感谢信。当年整顿工业的时候，本来政和、松溪各有一个国营
造纸厂，后上级要求一县一厂，松政并县后要关掉一个。为了
过产品质量关、与松溪竞争，我协调各方，最后到省轻工业厅
争取到一台蒸汽烘干机，马上运回来安装试机，运转正常。过
了产品质量关，我们厂保留了下来，而松溪造纸厂下马了，大
部分工人也被调到政和造纸厂。在整顿工业期间，因毗邻造纸
厂的通用机器厂班子不团结、制度松懈、纪律不严、生产秩序
混乱，县委副书记兼工交部长杨学勤要求我也去参加该厂的整
顿工作。

1956年县造纸厂职工欢迎我的合影（我在前排右五）

1962 年全县工业部门领导干部合影（我在前排左六）

整顿结束总结会上宣布了我将兼任通用机器厂的党支部书记，同时落实两个厂的日常生产和工作。水轮机厂的前身就是通用机器厂，他们在1998年举办40周年厂庆时给我发来请柬，我很欣慰他们没有忘记我这个老党支部书记。

五、农村社教，由点到面

通过贯彻1960年11月中共中央《关于农村人民公社当前政策问题的紧急指示信》（简称《十二条》），在经济上实行"调整、巩固、充实、提高"八字方针后，我国国民经济迅速得到恢复和发展。农村组织机构进行了调整，全县撤销大公社，设39个小公社，我从铁山区副区长的职位上被改派到凤林公社任党委书记。实行三级核算，以队为基础，充分调动广大群众的生产积极性。

1963年5月20日中共中央发出《关于目前农村工作中若干问题的决定》（即《前十条》）。9月中共中央又发出《关于农村社会主义教育运动中一些具体政策的规定》（即《后十条》）。9月福安地委从各县抽调力量在福安溪柄公社搞社教试点，政和县由县长史春荣带队，带领组员杨廷贵同志、刘鸿达同志、卞乾斌同志和我共5人在松罗大队搞试点，至12月初结束回县里。在社教试点快结束时，我和杨廷贵同志、刘鸿达同志3人受邀去霞浦县海边三沙渔业公司参观渔业生产。该公司党委书记樊占彪同志是原政和县委副书记，公司经理陈正初同志也是原政和县县长。对于我们这些长期在山区县基层工作的人，在大海上航行一圈，也是一种全新的感受。

1964年1月起，政和县全面开展社会主义教育运动。我被任命为松源社教工作队队长，队员8人，着手贯彻中共中央的"双十条"，开展以"四清"（清政治、清经济、清组织、清思想）为中心的社会主义教育运动。在下乡期间，我们的工作作风深受大家的欢迎。我们注意访贫问苦，与当地群众打成一片，和他们建立了深厚的情谊。

六、赴任产粮区，抓好大农业

1964年10月"社教"结束，我被派赴政和产粮中心的石屯公社任党委书记。县委领导对我说："石屯是产粮区，是我县的'乌克兰'，你担子很重，一定要搞好。"石屯全社管辖工农、石屯、长城、西津、坤口5个大队，粮食征购任务166.7万斤，占全县粮食征购任务的9.37%，增产和粮食征购的任务非常艰巨。我到石屯后，重点抓三项工作。

一是抓"三冬"，即冬耕、冬种、冬季田间管理，为第二年粮食增产打基础。首先选在条件比较好的工农大队搞冬季田间管理"三面光"试点，做到田面光、田塝光、田埂光。发动群众突击10天，完成了80%以上稻田的三面光任务。县委专门派报道组来石屯总结经验，通报全县，并在石屯召开"三冬"生产现场会，推广石屯工作经验。

二是抓防洪堤建设。全社从富竹庄起到西津，河边防洪堤建设任务很重，年年冬春都要抓实抓好。春夏季节晚上下大暴雨，我听着滴滴答答的雨声就是睡不好，天没亮就冒雨到河边沿河巡查，忧心忡忡，总担心洪水会冲垮防洪堤。在石屯三年的日夜辛劳让我患上了严重的膝关节炎。

三是重点抓水利。石屯全社8224亩田大部分靠星溪河的水灌溉。以前河上的草坝或简易石坝，年年被冲垮，年年修，十分影响旱涝保收。我到石屯后，设计并申报上级，经批准，

1966年石屯西山坂水利工地民兵练武，我在领队位置

部队官兵到地方支农的合影（我在二排右一）

于1965年冬开工在西山坂上游建永久性水泥混凝土石坝，也称海军大坝，因当时海军就驻在西山坂。建坝期间我担任副总指挥，总指挥由副县长刘鸿达同志兼任。我们带领青年民兵自始至终吃住在工地现场，于1966年春季洪水来临之前胜利完工，并召开了隆重的庆功大会。在石屯工作期间，我在党委办公室挂了一副对联："情况明决心大指挥正确，勤调查多研究方法对头。"后来陈君翼同志到石屯任党委书记（后任县人大常委会主任），他也没动这副对联，我下乡到石屯时问他："你怎么还保留这副对联？"他说："好的东西就要保留，我也要学着做。"

七、忠于职守，经受人生考验

1966年7月我从石屯调到县委党校。从石屯进城来看望我的乡亲们对我半开玩笑说："你如果还在石屯当书记，现在就是被批斗的当权派、走资派了。"没过几天，石屯革命组织两次在县委机关门口贴了大字报："勒令走资派吴美焕到石屯接受革命群众批判！"我做好思想准备，每次都准时到达石屯，接受批判。

头一次到石屯公社，不像是批判场所，也没有批判的气氛，有些人在那里等我，对我这个曾经的领导还蛮客气的。主要议题是富竹庄生产队反映在我任上把公社母猪场下放给该队，造成该队亏本，要求公社赔偿损失；而公社革命组织说："赔偿是经济主义，不符合中央精神，不行！"故该生产队组织的群众要求我出面解决。我向革命组织和公社干部双方当面表示："这个母猪场如不下放给富竹庄生产队，公社亏损会更严重，生产队亏了本，公社给予补偿是应该的。三级所有，队为基础，这不是经济主义。"对这样的发言大家都没意见，会议结束了，我平安地回到县里。

第二次是长城、西津革命组织勒令我去石屯，议题是石屯公社建大坝时各大队平均分摊水利经费不合理。我翻开笔记本，对他们说："公社党委研究决定：水利经费分摊分等级，石屯、工农第一等级，长城二等，西津三等。我调离时本应该交代清楚。"我把责任承担了，问题解决了，避免让其他同志受连累。当时让领导去解决问题，都是用勒令的方式，我已经习惯了。我两次去石屯接受批判，他们没开会批斗我，还挽着我的手说："辛苦你了。"所以事后在石屯工作的老干部许维和对我说："我当时都替你捏了一把汗，但他们没有批斗你，还请你吃饭，群众对你这么好，我真没想到。"我觉得我心里有大家，大家心里也有我。

1967年2月，县级主要领导和科局级领导干部大部分都被挂牌揪斗或"靠边站"了。我和范有才同志、李贤柏同志三人被安排在"毛主席著作"学习办公室。有一次，我去铁山公社参加他们召开的"毛主席著作"学习积极分子大会，会议规模很大，盛况空前。我惊喜地发现，上主席台发言的八九个学习"毛著"积极分子的代表中，有高林大队张天小学选送的我9岁的长子吴子华。他显得落落大方，汇报自己学习"毛著"的心得体会，表达要学好"毛著"、听党和毛主席的话，做无产阶级革命事业接班人。发言人中他年纪最小，站在台上只比桌子稍高一点，他发言结束后，到会代表都赞叹不已，说这孩子表达能力强，将来一定有出息。

1967年6月中央宣传部发出要筹建组织"中国人民抗日军事政治大学"（简称"抗大"）展览馆的通知，县委研究决定由县委常委、纪委书记冯启太同志担任"抗大"筹委会主任，由我担任副主任兼办公室主任，负责具体筹备工作，随后召开了有关部门会议。展览图片由中央宣传部统一制印后发给各地市县委宣传部。我们抽调了县文化馆范强同志、范炎同志、邵良荣同志和一中美术学科占成章老师、书法家黄忠水同志等人组成"抗大"展览筹备工作班子。展览地址位于南门良种场的原县展览馆的单层平房展厅。经一个多月突击布展，展览图版制作完成，又从知识青年、社教青年中抽调了陈荣金、杨上英、江瑞玉、焦春兰、廖灼珠等6位女同志担任讲解员，经过

7天的培训就上岗。“抗大”展览馆隆重开馆后，组织机关干部、学校师生、工厂职工分批前来参观学习。之后展板又被运到镇前、澄源公社巡回展出，对农村社员开阔视野、增长见识很有益处。

八、派赴高山区，尽责当助手

机关整党建党结束后的1970年1月，杨源公社革命委员会成立后，在该公社担任党委书记和革委会主任的徐熙同志向县委书记李宽同志（原县武装部长）要求，一定要把我派去当他的副手。说心里话，在当时交通不便的情况下，到二五区工作的确困难，根本照顾不到在铁山工作的爱人和寄养在高林岳母家的孩子们，但我必须服从县委的决定。当时镇前到杨源还没有公路，镇屏公路1971年动工，1973年才通车。每次回铁山看家人，我要从杨源走20公里路到镇前乘车，再到稻香桥头下车步行去铁山。那时铁山没班车，还得走10多里路，我就这样苦熬了3年多。

1974年初，县革委会组织组组长张永达同志到杨源对我说：“你夫妻俩长期隔这么远，为了照顾你们，决定调你爱人到镇前任革委会副主任。”我听了惊叫起来：“千万不能啊，她体弱多病，调到镇前那么冷的地方，会没命的。”他说：“那怎么办？生米都煮成熟饭了，任命文件都打印出来了。”我爱人向来是个工作兢兢业业、任劳任怨的人。她到镇前不久真的就病倒了。我陪她到福州检查，但她那严重的头痛，也查不出什么原因。我们一起到福州红卫区医院看望池云宝、张国荣等几位也在住院的老领导，他们都让我的爱人何德凤就在此住院，安心治疗。她住院治疗，我得赶回镇前补办住院手续寄去。1975年松政分县，她才调离镇前，到县医院任革委会副主任兼党支部副书记，主持医院工作。她在医院要与省工农兵医院下来的教授、专家打交道，作为外行领导内行，很是让我担心。但我 爱人工作高效有序，大家对她评价很高，她和医生和专家们建立了深厚的情谊，此后很多医生、专家、教授都与我们保持着友好的联系。

我到杨源公社后，党委让我带几个人和4个省、地下放干部到岭头村蹲点，因为岭头班子比较薄弱，集体经济搞不上去。村民乱砍滥伐林木、家家户户砍竹子卖，是政策所不允许的。经过一段时间的宣传发动，教育了少数乱砍滥伐的冒尖户，并整顿和加强了班子建设，局面好转了。我在全公社工作组、干部会议上做了经验介绍。

因为1971年的一场春雨，山洪暴发，把岭头村村头小河上的一座古老的石坝冲垮了。全村几百亩良田断绝了水源，成片秧田干涸了。全村群众聚集在村前小街上，个个愁眉苦脸，议论纷纷："这座坝是我们全村人的命根子，再过5天没水灌进去，秧苗就枯死了，田也不要耕了。"有的说："要重建这座坝，除非神仙下凡，任何人都无能为力。"面对灾情，我把村干部、各生产队队长、社员代表集中到村部，对他们说："天灾降临，我们就要战胜它。不要悲观，我来做一次活神仙，你们听我指挥，保证3天灌水进田。"他们全都带着怀疑的神情看着我，问我："有什么办法？"我告诉他们："我家乡大多都是草坝，年年冲年年修。"并向他们具体讲解建草坝的方案：把河面上下宽度量好，上山砍三根大杉木横在河床上，再砍3米多长的竹子连竹叶扛回来，横铺在三根杉木上，直至铺满，同时分配各生产队去拿晒谷子的旧竹席压在上面，再盖上各家各户捐出的床铺稻草垫，然后发动全村10岁以上男女老少，挑上土箕，排成长队，把靠近坝边的黄泥黏土挖的挖、挑的挑，全倒到河床上。再安排几个强劳力在河床上负责踩踏黄泥，使黄土搅匀黏固。当天上午按上述方案布置动工，群策群力，于第二天傍晚提前一天筑坝成功，灌水进田，全村群众一片欢呼。我也在岭头做了一次他们公认的活神仙。

在杨源公社党委的班子成员中，除徐熙书记和我二人以外，全都是本地人，有的是坂头的，有的是大溪的，有的是翠溪的，有的是杨源的。党委在研究发展党员、提拔干部、救济福利等方面，成员都难免各有各的意见、建议，研究处理党员、干部违纪问题或打架闹事等矛盾时，也难免各有各的顾忌和分歧。我在处理问题过程中理解了为什么徐熙书记执意要求县委把我调到杨源当他的副手，意识到自己在工作协调、问题的排查和解决上要尽力做好，不辜负期望。

坂头村发生过三起打架斗殴事件和一起党员在"文革"中趁乱用烟筒殴打区委书记的违纪事件，拖了多年没人敢去处理。在研究积案时，徐熙同志指定我带队去处理。我到坂头后，召开了包括下放干部在内的干部座谈会，征求打架斗殴积案如何处理的意见。有一个下放干部说："以前有的公安特派员下来，把打人者带回公社没几天就不痛不痒地放回来了。现在如果要处理就要实施经济处罚，群众才会服气。"经过摸底，三个打人者在生产队分红账上都没有余款，但家里都养了猪。其中有些人还有历史遗留问题，民愤很大。经研究决定，我组织了一班可靠的基干民兵，带上屠夫把三个打人者养的猪现场宰杀，换取现金，当众宣布罚款决定，震动周围乡村。从此，坂头再也没有发生打架斗殴事件。接着我召开全体党员会议学习、对照党章和有关党规，对违纪打领导的干部陈某，责其自我批评，写书面检查，经过开导提高认识，报经公社党委研究批复，给予他党内严重警告处分。此番处理挽回了此前在社会上造成的不良影响，也达到党内团结的目的。

我在杨源工作期间，还承担了很多外部公关、协调任务。开公路没有炸药、建大会场没有玻璃，徐熙书记就叫我想办法解决。我通过宁德军分区李科长找到宁德市革委会副主任、政和籍革命老前辈陈贵芳，顺利获得两吨炸药，从屏南县炸药厂提货运回，以解修公路缺炸药的燃眉之急。然后我又去福安市找市委财贸部陈聚祥部长批了两箱玻

1975年杨源公社班子欢送我的合影（我在一排左二）

璃，使大会场工程顺利完工。

1975年3月，经国务院批准，松政分县。我于9月调任政和县良种场任党支部书记兼革委会主任。

九、推广良种，扭亏为盈

政和县良种场是全省最大的良种场，全场总土地1440亩，职工总数有200多人。但在"文革"的10年中不仅培育不出良种，经济上还年年亏损，10年共亏76万元，成为全省有名的背着亏损"包袱"的良种场。

我调任县良种场以后，遵照中央和县委的统一部署，开展党的基本路线教育，学理论，反派性，促团结，传达贯彻邓小平副总理主持召开的全国农业学大寨会议精神，努力实现县委提出的"三年粮食上纲要，五年建成大寨县"的目标。我于1975年10月跟随全县组织的大寨参观团赴大寨参观考察。参观回来后，县里就召开党支部会、干部会和全场职工动员大会，学大寨，鼓实劲，男女老少齐上阵，掀起轰轰烈烈的冬季农田基本建设、平整土地的新高潮。在这期间，良种场领导班子也进行调整和充实，除了革命老干部苏克林和年轻干部许达义继续担任良种场革委会副主任，组织上还将杨源公社农业技术员陈泽恒提拔为副主任（后提升为县外经委主任、县政协副主席），并陆续起用了一批年轻化、有知识、能力强的党支部委员和生产队长。一批年轻有为的骨干力量脱颖而出，吴润生、孙郑英、魏克龙等年轻人先后被推荐、提拔到科局级重要领导岗位。我们全面制定规划，开公路、建田间机耕道、修灌溉水渠、平整土地等工程全面动工，人山人海，红旗招展，声势浩大，士气高昂。经过连续5个冬季的集中会战，把整个南庄洋原遍布着土堆和石头堆的土地平整成方正规范、5亩一丘的美丽田园。

1976年春节后一场滔天洪水，把通往西面槐岭尾大田的过河木桥冲走。这座木桥几乎年年修、年年被冲。要过河插秧和到对面山上采茶的人无法渡河，但又不能错过农时，只能绕远道经解放村的西门松林下渡头洋桥（现为三中桥）过河。解放村的群众讥讽道："你们国营农场连一座桥都不会建，还要走我们的桥。"职工回来就抱怨道："这种气要受到什么时候？"我斩钉截铁地回答他们："今年下半年就动工修建大庙桥，没钱砸锅卖铁也要把石拱桥建起来。"我马上请县交通局陈技术员设计，预算要4万多元。我打报告给县政府，徐松盛副县长批了1万元作为启动经费，其余自筹解决。接着我去10里以外的方源村找石矿，经协商我方派工人开采石料，林屯村免收原料费，由浙江泰顺工人承建，在1976年上半年就建成了大庙石拱桥。在建桥的同时，我发动职工加速建好1000平方米的二层仓库大楼并扩建晒谷坪。因为双抢速度加快，晒谷场不够用，我们研究后决定扩建。晒谷场原来不足1000平方米，我们扩建至3000多平方米。全省县级国营良种场规模都比较小，一般都只有二三十名职工和几十亩土地，因而要大面积繁育杂交水稻品种和常规良种都比较困难。由于县委重视，我县把原城关国营农场改为事业性质。企业管理的国营良种场，职工有

200多人，土地达1400多亩，大面积培育杂交水稻和常规高产优良品种，不仅可以满足全县良种供应，而且可以作为省市良种繁育基地为省市提供良种服务。我把这种想法向省农业厅良种公司和省农科院汇报后，取得他们的支持。从1977年开始，省地农业部门就把政和纳入计划，在资金拨付和技术指导方面都对政和进行支持。5年间良种场繁育水稻原良种360万斤，其中原种28万多斤，每年出售良种20多万斤，除了可以供应全县良种外，还为省地和外县调种60多万斤。1977年省农业厅种子公司通知我去北京参加全国农垦展览，展览结束后还组织我们到江苏常州一带考察学习高产繁育经验。在扭转亏损方面，我从到任的1975年冬天就着手深入调查，甚至把全场所有财务人员和生产队会计、记工员都集中起来，分季节、分类别逐项统计，计算出洋田、山垄田每产出百斤稻谷所花费的人工和成本，包括种子、肥料、农药、添置农机具等。当时国家粮食收购价每百斤7元多，而调查结果显示洋田每百斤工本要9元多，其中工资5元多，成本4元多，山垅田的工本为14元。我分析了背后原因：一是领导和财务没有抓核算，任凭生产队报账，实报（甚至虚报）实销；二是劳动没有定额，一律点工计酬，每出一天工记11分，付人民币1元1角钱，造成部分工人，出工不出力；三是当时党的政策坚持政治挂帅，反对经济刺激和奖金挂帅，因此普遍存在"吃大锅饭"思想。我认为这种局面不能继续下去。有人提醒我说："上一任领导搞过'三定一奖'的方案，报上去后被批得半死。"但我认为"三定"（定工、定额、定成本）一定要搞，不提奖就改为

"三定一评比"，公开评比成绩，进行政治鼓励，表扬并发奖状。比如在"双抢"期间，我们规定每天抢收稻谷基本任务为300斤，每超100斤奖粮半斤，奖工资5角。很多人一天就抢收600斤至800斤，甚至有超千斤的。场里工人干劲很大，起早贪黑，天没亮就下田割稻子直到天黑。结果"双抢"不但不需要机关支援，且不到一个月就完美收官，第二季稻也插完了。有一次省农业厅的一个副厅长下来检查农业并观战"双抢"，问我们为何进度这么快，我们将"定额有奖"的方法如实汇报。他说："你们用累进式奖励，这还得了，这不是奖金挂帅吗？"把我们狠批了一通。当时政策不允许搞定额奖励，我们只好暗地里搞"五定"，即定劳动、定产量、定产值、定工资、定成本、定上交利润或减亏指标；"二奖"，即超产奖、种子质量奖。实行"五定""二奖"后，良种场的经济形势大好，彻底改变了在"文革"10年中造成的管理混乱状况，扭转了亏损76万元、成为全省良种系统"包袱"的局面。

从1976年至1980年的5年中，良种场经济增长数据如下：粮食增产924961斤，年均增产184992斤，年均递增13.32%；总产值跨过50万大关，计增319210元，年均增值63842元，年均递增19.43%，职工工资增加251164元，年均增资50233元，年均递增18.94%;职工口粮、奖粮、劳动补贴粮三项增长522341斤，5年累计增长56.47%；5年自筹资金新建砖木结构职工住房（不包括办公楼、仓库）4座共3800平方米，解决了45户的住房困难。茶叶产量达50300斤，水果（梨、橘子）由1975年的1510担增至1967担。5年间共平整土地610亩，占总面积1440亩的42.3%。扩建晒谷坪5406平方米，总晒场面积达8369平方米。5年共生产原良种360万斤，其中原种284561斤，杂交不育系37245斤。

1981年10月在建瓯召开的全区良种场种子工作会议上，我做了题为《不断完善责任制、生产发展场貌变》的经验介绍，市农业部门领导强调要推广政和经验。

在政和良种场工作期间，我和德凤对于革命老妈妈——陈贵芳的母亲叶彩菊始终怀着崇敬的感情，经常去看望她或请她到家里餐叙、相聚，用她为革命受尽磨难却始终忠贞不屈的感人事迹和革命精神教育全家。陈贵芳老前辈及其夫人回政和时，特地请我到他家中参加晚宴。与这位忠烈满门、功盖闽北、英名远播、威震敌胆的革命老红军、传奇神司令、忠勇大英雄相聚，我感到荣幸和激动。陈老和夫人很是热情，在他家中我第一次品尝了茅台酒。

十、转战林业，保护森林

1981年冬，县林业局局长张锡九同志调到县经委当主任，我从县良种场被调到县林业局顶他的岗。时任县林业局党委书记的刘建达同志多次向县委建议让我担任林业局局长。当时的林业局副局长为部队转业的老干部张侬民、吴妹、李进瑞、李宝胜、夏兆基5位同志。

闽北是全国三大重点林业基地之一，政和县是福建省林业生产重点县之一。全县海拔千米以上的山峰有100多座，生态公益林面积达百万亩，森林覆盖率达76.48%。全县有竹林46万亩，木材蓄积量达500多万立方米，毛竹蓄积量达5000多万根。1981年党中央、国务院发出《关于保护森林发展林业若干问题的决定》，我在那时接任林业局局长之职，感到任务十分繁重。省地下达政和的采伐木材任务为每年六七万立方米，年产毛竹800万株，每年上缴县财政税款530多万元，占全县财税收入1136万元的41.12%。砍伐木材多，因此造林任务也重，政和每年要造林3万多亩。

县林业系统所属机构、队伍非常庞大。县林业局下辖1个国营林场，2个伐木场，3个采购站及木材（水运）转运站、木材经销公司，木材加工综合场、林业车队和修理厂各一个，还有9个乡镇林业站。局机关设有办公室、人事股、财务股、营林股、生产股、森保股、林业科技推广中心、林业规划队。党中央、国务院下达指示后，还增设了林业公安股、公安派出所、林业法庭等。林业系统干部、职工总人数为1136人，其中有局机关122人，事业单位224人，企业单位790人，是县政府管辖下人数最多的一个系统。

由于干部、职工人数多，基层场站每年的基建任务都很繁重。我于1981年冬调到县林业局。1982年遇到"6.11"洪水大灾，一些林业公路被冲毁，不少场站受灾，灾后恢复和建设任务尤为艰巨。1982年县林业系统负责了石门电站、伐木场、前溪工区转运站5个基建项目，基建面积达2000多平方米。我们抢修林业公路10多公里，投入资金20多万元。由于场站多，机构庞大，肩上的担子特别重。我每日早出晚归，还要加班。

1983 年政和县林业土地普查会议合影（我在前排左三）

各场站及部门单位，几乎是排着队给我汇报，下班回家后常常还有人跟到家里要求解决问题。

1983 年中共中央、国务院发出《关于制止乱砍滥伐森林紧急指示》后，全县开展清查乱砍滥伐木材，清查出全县未经批准个人乱砍滥伐木材达6.35万立方米，轰动全省，成为全省乱砍滥伐重点县。省委、省政府派出省林业公安、法院、纪检等部门组成的工作组进驻政和落实和处理木材清查工作。此事在《政和县志》里被列为1983年大事记之一。省里派出的清查木材工作组即将结束对我县的清查工作时，省法院林业庭庭长贾宛如（原政和县委副书记）同意了我们的安排，在由吴金华县长和我以及在县文化局主持工作的副局长何德凤等十多人陪同下去锦屏杉木王景区考察，在著名的杉木王树下合影留念。

由于林业局的担子太重，我自觉难以胜任。于是在1984

年初，机构改革开始时，我和党委书记刘建达同志商量，一起申请调离林业部门。后来，他到县农委担任主任，我调整到县工商行政管理局任局长。

十一、改革开放，奉献工商

工商行政管理局，中华人民共和国成立初期在县政府内被设为工商科，20世纪60年代在商业局内被设为工商科，1970年改设为政府直属工商行政管理局，但从未派过正科级局长，只派副局长主持工作。进入全面改革开放的1984年，按照邓小平在中央政治局会议上关于《精简机构是一场革命》的重要讲话和中共中央和国务院发出的《关于县级党政机关机构改革的通知》，县级机构改革全面铺开。1984年2月，我从县林业局被派往县工商局任局长。

改革开放前，实行计划经济，在"割资本主义尾巴"形势下，不存在私营经济，不允许个人在街上摆摊、设点，只靠"市管会"抓"投机倒把"。改革开放后，逐步放开并鼓励个体私营经济有序发展，私营、外资等各种所有制企业如雨后春笋般蓬勃发展，进出口业务增多，市场交易活跃，商品流通繁杂，走私贩私也随之而来，在有些地方还很猖獗。这时，国务院发出《关于加强市场管理打击投机倒把和走私活动的指示》，这就不仅要加强工商行政管理，而且要将县级管理延伸到乡镇基层。我担任工商局局长时，全局只有干部职工32人，内设人秘、企业、个体3个股，下设城关、铁山、东平、镇前四个工商所。当时局领导班子除我之外，只有副局长聂凤文同志，原副局长黄元庆同志被安排为调研员（非领导职务），于1984年下半年增派池火旺同志为副局长。

在我深感任务繁重、人员不足的时候，恰好这年省工商局下达扩编指标，我局从高中毕业生中招收"合同"干部12人。在县人事等有关部门的协同配合下，很快就如数招足了。接着我局就向县委、县政府申报增设财务装备股、商标股、经济检查股及石屯、外屯、杨源、汀源4个工商所，并筹备成立县个体劳动者协会及各乡镇分会，以及县消费者委员会，同时调整、提拔、配备了一批股所长。此后经过4次扩编，至1988年，全局在编人数达63人。

随着机构增编，队伍扩大，基础设施建设也相应加强。1984年，我局开始申报审批，筹措资金，着手建设工商局办公大楼（原来在南门街道旁环境较嘈杂的两层旧办公楼内办公）和职工宿舍楼（在南庄建四层楼，含32套房共2340平方米），新建东平、铁山、镇前、石屯、外屯5个工商所的办公、住宿综合楼。到1989年止，局所二级共建办公宿舍楼6座，建筑面积4799.86平方米，造价58万元。在何马焕县长的主持和有关部门的配合下，建成南门桥下大型农贸市场，面积达2000平方米。当年局里还购置了一部日本产丰田小轿车。随后几年，改革开放带动农村商品经济大发展，各乡镇兴建集贸市场的积极性空前高涨。我们顺应形势发展需要，进行全面规划，在省、地工商和财政部门支持下，采取配套拨款支持乡镇建市场的方式，每个乡（镇）集贸市场拨款两三万元，除星溪、杨源

1994年全县工商管理工作会议合影（我在前排左六）

乡外，各乡镇都建了一个集贸市场。截至1990年，全县有集贸市场8个，市场面积达7875.96平方米。

1989年遭遇"7·22"特大洪水灾害，县城超危险水位3.05米，全县在水灾中死亡66人，冲垮了许多建筑物和水利设施，也冲垮了南门桥下农贸市场，在市场东头的城关工商所三层办公楼房也在水灾中倒塌，我局遭受损失达40多万元。灾后市场恢复正常经营后，我局重新规划并向政府申报在倒塌的三间市场和拆掉的两间原址上，重建五层综合办公大楼，1、2层为市场、3层至5层为工商局办公室，再把市场西侧原工商局办公楼的6个工作间安排给城关所、市场所、消委会、个体协会作为办公室，解决了市场重建和办公场所的问题。

我于1984年到工商局工作至1994年退休，在工商局整整工作了10年，是我参加工作的43年中工作时间最长的岗位，也是我最后退休的单位。在这10年工作中，我在第三年下半年就转任专职党支部书记、总支书记，接任我原来的行政职务的有张振津、张银廉两位同志。在工作上我们配合得很好，他们也很尊重我，整个工商行政管理局的管理工作也很出色。我在担任专职书记期间全力抓好党建工作，在我退休前，工商局党总支连续5年被评为党建工作先进单位，我个人也被评为1990—1991年度福建省工商行政管理系统先进工作者。为培养人才、加强领导班子和干部队伍建设，局班子先后在本单位党员中挑选、推荐、考察、提拔了三位副局长，推荐到外县、政协任职、升职者多人。在我任上从外单位调入的干部有10多人，还发展了一批新党员。局党总支下属机关、基层、个协3个党支部，有50多名党员。党员人数多，教育管理必须常抓不懈。县委组织部确定县工商局为全县党员目标管理5个试点

1992年局机关干部合影（我在二排左三）

1996年县工商局新老班子交接留影（我在左六）

单位之一。我们把党员目标管理三大项分解为细则，制订了更为具体可操作的党员目标管理实施方案，该方案被县委组织部下发至县直各部门、各乡镇。

我在抓干部队伍教育管理的同时，按照上级的部署和要求，狠抓党员和干部队伍思想作风和廉政建设不放松。我建立了"党员干部拒礼、拒贿登记簿"，号召党员，尤其是领导干部要带头做廉洁奉公的表率。1989年，全局干部拒请吃130多人次，其中局领导67次。截至1991年底，党员干部拒礼、拒贿36人次，金额达17500元，其中局领导5人拒礼共8605元，股所长54人拒礼共8895元。1989年我局查处了一家企业超越经营范围和涂改营业执照，该企业负责人周某四处上门求饶无效，丢下一包1万元外币就跑，李沪平同志随即交公。县委和政府、上级工商部门对我局秉公执法很是满意。1989年县人大执法检查总结道："县工商局是执法部门里唯一没有积案的单位。"

我对个别干部的不当言行也不迁就。有个年轻人在办公场所说："有的人来注册申请时什么好话都说尽了，营业执照拿走了，街上碰到都像不认识似的。"我听到后批评了他："党员干部的宗旨就是为人民服务，难道你为人办了事，还要人一辈子把你当菩萨供奉吗？"他当即不好意思了。我们把工商人员的"八要八不准"做成牌子摆在每个工商干部的办公桌上，要求他们警钟长鸣。

在工商局工作期间，我重视抓宣传工作。除了办理不定期的"工商局报"外，我号召广大干部职工在做好工作的同时，要积极写稿、踊跃投稿，支持省地办好工商报刊。我自己也以

2012年夏南平市人大常委会副主任、原南平市工商局局长祖忠福到武夷山看望我们

身作则，带头写稿。1992年，我被市工商局评为"闽北工商报优秀通讯员"。1993年，我写了一篇题为《无言的结局》的报道，只有814字，被全国第七届工商报刊研究会评为1992年度优秀作品一等奖。

我退休时，副县长黄昌明同志代表组织找我谈话时说："我在县落实政策办公室工作多年，很多单位领导都有不少人告状，却从没有人说你们夫妻俩的闲话，真佩服你们俩。"南平市工商局局长祖忠福同志亲自找我谈话说："到你退休为止，对其他各县工商局，我们都不同意配专职书记，因为过去多数县局配的书记和局长经常闹不团结。只有你们例外，一是你们的班子很团结，干部队伍很稳定，因为你威望高；二是你熟悉业务，管理规范；三是队伍在你的带领下，风正气顺，都很拥护你。以后就不再设专职书记了。"祖局长对我的评价很高，我很高兴，并以此安慰和激励自己。

十二、奋斗不息，感恩不尽

党组织和上级领导对我工作一贯的关心、信任和支持，我只能用全身心的努力来报答党的恩情，勤奋学习，忘我工作。

由于参加工作前我只有小学文化程度，为了提高自己的文化水平，参加工作后，我坚持以只争朝夕的勤奋态度努力学文化、学理论知识。我如饥似渴地看书、看报。从1952年开始，党报（《人民日报》、省地党报）、党刊（《红旗》）、《参考消息》、《时事手册》等，我始终没有离手。我还经常购书或到图书馆借书。从1956年至1959年、1966年至1969年我把职务挂在党训班、党校，实际是与县委宣传部合署办公，我就利用宣传部图书室书报多、学习资料丰富的有利条件，在闲暇时读书学习。由于学习较勤奋，加上在工作中持续进行写作锻炼，我的写作水平也不断提高。

此外，我忘我地工作。在我的工作历程中，很多岗位因工作紧张，经常牺牲节假日，但我乐在其中。在各个工作岗位上，我都自觉维护班子团结，主动与班子成员及同事和谐相处，密切配合，友善共事。在我独立主持工作时，单位里氛围团结，工作也更出色，我所做的工作对全县工作有很大推动，对系统内的广大干部群众也有很大鼓舞。

我一路走来能够克服困难，不断取得业绩，还要感谢领导对我无微不至的关心、爱护和支持。我在铁山工作的6年中，先后在赵桂林、杨成森、李文芳三位区委书记属下工作，他们对我都很爱护，很关心，让我一辈子感激于心。与我共事时间最长，关系也最密切的是李文芳同志。不仅在一起工作时我们关系密切，在他调离铁山和政和后，我们也亲如兄弟，无论调到哪里都没有中断联系，以至于我们两家的下一代都亲如兄弟姐妹。两代人能保持如此密切的交往和联系，是少有的。山西籍的县委副书记任玉林对干部十分爱护关心。他对我的关心和爱护令我难忘。松政并县后的一次全县扩干会议上，他知道我和德凤两人都去参加会议，考虑我俩平时为了工作两地分居，聚少离多，就特意交代县工业局领导给我俩单独安排一间住房，安排好一点。我刚调任政和良种场时，县委书记李怀智同志亲自到场办公室来看我，并交代三点：一是良种场就是要培育良种，一定要保证为全县供应杂交水稻种子；二是良种场办在城关，就要为机关城镇居民服务，奶牛场也要办起来；三是经营上要扭亏为盈。他问我能不能在两年内扭亏为盈。我说："两年有困难，4年内保证扭亏为盈。"他提出的三点要求，我在任期内都全部兑现了。我在工商局工作时，市局祖忠福局长也很关心我，仔细指点我的工作，并以身作则激励大家要廉洁奉公。对调离政和的老县长史春荣、师仁忠，县委副书记贾宛如等同志，我们也念念不忘，在去省地开会时，都会去探望他们，每每见面都觉得无比亲切和温暖。

十三、退而有为，老有所乐

有的人怕退休，对退休有失落感。我要退休时，局长张银廉同志劝我延退，但我认为局领导班子能兼顾好党务，我不需要留任。1993年下半年，到了退休年龄时，我就很少去办公室，主动离岗，等待组织办理退休手续，把党建工作交给副局长池火旺同志。组织上于1994年初正式通知我办退休手续，我退休后丝毫没有失落感，觉得退休生活很充实，既能照顾家人，又能做在职时无暇顾及的趣事，甚至有点忙不过来。忙什么呢？退而有为，老有十乐。

（一）养花种草，美化家园

我和三个儿子合盖住房，建房宅地总面积有406平方米，实际建房占地只有183平方米，还有220多平方米空地，就要充分规划利用。我们在靠南面围墙边种了一排花树，如紫薇、日本花石榴、四季桂、三角梅、倒挂金钟和炮仗花等，保证每个季节都繁花似锦。在南侧约80平方米

采摘院子里的巨峰葡萄

的绿化地上种铁树、含笑、紫芙蓉，还有盆景罗汉松、玫瑰、扶桑，绿化带上种满天星等。2019年重回老宅后，我们就删繁就简，将南面空地平整后铺设以铜钱草为主的草坪，既美观又

采摘院子里的雪梨给亲友们分享

有药用价值。西侧和北侧空地种果树，有黄花梨、黄密梨、红富士葡萄、无花果、红枣和百香果等。墙边地头种有常用草药车前草、白毛夏枯草、蔚蓝、园钱仔。树旁棚间还留些菜地种香葱、香菜、大蒜、紫苏等烹饪所需的调味品。种出果、药、菜还会和子女和亲友分享。

（二）看家护院，修缮房宅

早期建房时，屋内没有规划卫生间、淋浴间。而改建公共卫生间、洗澡间、洗衣池，搭建室内卫生间、室外葡萄架、天台遮阳棚、一楼走道遮雨棚等，都是在我退休后逐项设计施工的。退休后，我在修修补补房屋中，也逐渐学会做木工、电工、泥水工等日常粗活，工具也添置得越来越齐全。建房投入

2003 年春节家人在院子门前的合影

使用20多年后，电线、自来水管都老化了，要适时有计划地组织改造维修；电器、灯具，也都要更换成节能、环保、智能的新产品。我能做的就自己动手，不能做的则请师傅上门帮助。

（三）学习养蜂，增添乐趣

2001年10月28日，一窝蜜蜂在家中东侧墙角结团，我就开始拜师学养蜂。开始养一两箱，后来逐渐增多，一般保持在6箱。1997年气候好，花源丰富，收蜜颇丰，那年养蜂8箱，收了6次共136斤蜜，分给众多亲友品尝。在学养蜂的过程中，我向蜂友吴有通学习，增长了许多养蜂管理知识，也与他结下深厚友谊。养蜂很有乐趣，我有时还会搬来凳子坐在蜂箱旁看蜜蜂进进出出采花蜜。有一天看着看着，我突然有了灵感，题了一副对联："蜂满箱进进出出采花忙，蜜满罐吃吃喝喝保健康。"在养蜂时，我也有些发明创新。比如在政和家中养蜂时，因晚上常有客人来，走廊、客厅的电灯一开，二楼的蜜蜂就会陆续飞来，让客人惶恐不安，很是麻烦。这就促使我研制出一种纱窗笼，要开灯时就将出蜂口罩住，阻止蜜蜂飞出骚

我在取蜂蜜

扰客人。又如夏天炎热，蜂箱闷热，我就在制作新箱时请木工师傅在蜂箱背面留个铁纱窗，以便于通风对流。养蜜蜂涉及很多技术要求，最关键的是要培养、保护好蜂王，遇到气候不好时防病毒也很重要。2011年搬到武夷山桃园北苑别墅常住后，我继续养蜂。2014年是蜜蜂得病最严重的一年，我养的6箱蜂病死5箱，损失惨重，深感以此为业的人的不易。

（四）尊宗孝祖，敬修祖坟

"百善孝为先。"由于条件有限，过去对亡故祖先只能做到"入土为安"，无法好好修坟。我爷爷、奶奶的坟上连碑都没立，一旦年代久远，后辈就难以辨认是哪位先祖的坟墓了。所以，我退休后就怀着一种紧迫感抓紧操办修缮祖坟这件大事。我们家每年须祭扫的祖坟，包括我父母亲的坟墓，共有十多穴。牵头组织修缮祖坟，我自感责无旁贷。我提出这项计划后，兄弟、子女、侄儿们也都坚决支持，积极响应。只要每座祖坟都能用砖块、水泥修砌好，就能给后代清明扫墓节省很多时间和精力。从1997年开始，我先把我父母亲的坟墓修好，之后每年都安排修坟。为我母亲迁葬和换墓碑就有两次。我已故无妻儿的三弟吴美钧的墓也同样被修缮，并由侄儿们署名立碑，以便后辈承接祭扫。在修坟过程中，全家族有钱出钱，有力出力，侄儿吴子胜在组织施工过程中全力以赴，立下汗马功劳。他总是积极负责，组织有序，施工绩效良好。

（五）乐施善行，热心公益

公益事业是积德行善精神的体现，我们年事已高，出力有限，就积极捐善款支持年轻人多做公益。如个体户何日钶积极筹划在去黄龙寺的道路上建一个凉亭，要我挂名牵头，我表示支持。修建状元峰水泥路和途中三个凉亭以及筹建云根书院的工程，我夫妻俩都先后参与，每次捐款都在千元以上。我们工作过的杨源、镇前一旦有类似项目都会来要求支持，我们从不拒绝。老伴何德凤在镇前当过领导，他们要开发鲤鱼溪并建桥，要老何出手支持，在儿子们的支持下，我们捐了万元善款。老家大红重建元尾桥，我也捐了款，并根据他们的要求为廊桥题对联，我题的联是"南北横架平安桥，东西直通幸福路"。修建仙岗庵水泥路，我们也出了5万元。前几年县里要将我当年于良种场主持修建的大庙石拱桥改建为风景廊桥——聚龙桥，并发动社会捐款，我马上捐款3万元以示支持。这些项目既承载了传统文化习俗，也是促进美丽乡村建设的有意义的事，值得参与和支持。除了家乡建设的项目，我和德凤在历次抗洪救灾中也积极捐款。

（六）挺身牵头，重建祠堂

大红吴氏宗祠自清朝嘉庆年间始建，历经100多年，因年久失修出现损漏倒塌。1998年清明时节，轮到我筹办清明族宴时，广大宗亲和宗长们强烈要求，要我出面牵头筹备重建大红吴氏宗祠，我没有推诿。在负责请人设计预算的同时，我立即组织筹备小组，明确任务，分工负责。最大的困难是筹措资金，最初的设计预算需6万多，后来一再增加。筹建期间，虽然已向广大吴氏宗亲发函，号召大家有钱出钱、有力出力，但从2000年7月8日开始动工，至2009年仍然因资金不足而停工。我主持召开筹建组扩大会议，重新审查各项未完工程项目和所需资金，然后以身作则，带头承揽大项，号召有经济能力的在外工作人员和企业家踊跃捐款承接项目，这样才促使工程在2010年底扫尾竣工。至整个祠堂的重建工程结束，共有112户宗亲捐款，共捐20.2万元，我先后捐了36800元。建宗祠过程中，我堂弟吴志辉自始至终承担了重大责任，为重建宗祠做出重要贡献。

（七）难辞众望，纂修宗谱。

在纂修宗谱中，我承担了三大任务：《中国吴氏通书》《中华吴氏大统宗谱》《大红吴氏宗谱》。吴姓是中华姓氏之一，编纂工作有其价值和意义。1999年2月11日，县水电局吴世树带省林学院吴卢荣副教授来到我家，说："在广西已成立《中国吴氏通书》编委会，并召开了编纂会议。南平市也由吴邦才副市长主持召开并成立了《中国吴氏通书》南平分会，要求各县都要成立分会，搞好《中国吴氏通书》。"在吴教授和我交谈的前一天晚上，我在南平电视台看到有关吴邦才同志传达《中国吴氏通书》编纂会议精神的新闻。这是吴姓人一大盛事，我不能推托，当即表示召集政和吴姓有关人员召开会议，征求大家意见。会议决定于2月13日在县工商局会议室召开，我们拟定了参会人员名单，由吴世树先生通知相关人员参会。2月13日有17位吴姓代表参加会议，由吴世树先生主持，吴卢荣副教授传达了在广西召开的《中国吴氏通书》编委会会议和南平分会会议精神。在会上我提出：一要领会《中国吴氏通书》编委会和南平分会的会议精神，热心支持搞好《中国吴氏通书》编纂工作；二要研究政和县分会组成人员名单和有关筹备事项；三要分工收集、编写政和县编制《中国吴氏通书》需要的有关资料。会议上，大家一致推选我为政和分会会长，吴庆厚（税务局局长）、吴海舰（财政局局长）、吴润生（农委书记）、吴华（政协办公室主任）为副主任。后于2月25日开会，增补吴钦文为常务副会长，秘书长由吴世树担任，吴马兴为副秘书长。3月14日在县良种场会议室召开了《中国吴氏通书》政和分会成立大会，布置汇编时间要求和汇编任务，要求8月底前交出汇编初稿，由我兼任主编，吴世树为副主编。后来《中国吴氏通书》编委会还发给我聘书，聘请我为《中国吴氏通书》编委委员，并在编委《简讯》公布。经调查当时政和全县共有吴姓4669户20281人，为政和第一大姓。《中国吴氏通书》组稿汇报会于1999年11月28日在广东五华县召开，会期2天。我和政和籍副教授吴卢荣作为政和县代表参加。会上《中国吴氏通书》编委会主任吴健琴（女）做报告，国务院原副总理吴桂贤到会发言，并与我们一起合影留念。经过三年零

我参与宗谱组稿与材料收集

五个月的努力，《中国吴氏通书》出版发行了。政和县送去的稿件占篇幅较大，内容比较丰富。《中国吴氏通书》出版后，政和县于2002年5月31日召开了新书发布大会。

2000年2月，《中华吴氏大统宗谱》的编纂工作正式启动。统谱办发出通知，要求各地（包括海外）吴氏各支系都要提交"归宗谱"，由编委会汇集出版。2002年5月25日，在发送《中国吴氏通书》的同时，政和县原吴氏分会改为"中华吴氏大统宗谱政和联络组"，我辞任会长，建议联络组组长由吴世树接任，我为顾问，我表示会参与召开会议和研究重大事项。这次会议布置的任务为：截至12月，要将各支系80世以下的世系表和"人物卷"所需的正处以上干部、高级职称者、省级以上先进人物、企业家以及对《中华吴氏大统宗谱》编纂工作有突出贡献者之资料上报。政和县上报吴氏历代名人15人，副处以上干部、高级职称、省级以上先进工作者计18人，科级以上56人，中级职称48人，合计137人。至2008年6月20日统谱编委会第12次常务会议召开时止，国内外5000多个吴姓支系，已送归宗谱1346册。《中华吴氏大统宗谱》共有7卷：首卷序言、卷二源流、卷三世系、卷四繁衍、卷五人物、卷六文物、卷七后记。到了2014年底，除卷四不刊编，"人物卷"正在编排中，其余5卷均已出版了。我经常与统谱办联系，支持统谱办工作，还于2011年捐款1万元。"世系卷"列出的国内35名顾问之中有我的名字，"人物卷"也登载了我的简历。

编纂《大红吴氏宗谱》更是一项极为繁杂的工作。1987年大红同宗堂兄吴自轩把3大本大红吴氏手抄本宗谱用麻袋挑到我家里，在我家住了5天，叫我看看宗谱。我那时还在职，一方面没时间阅读，另一方面由于当时还没接触过宗谱，也看不太懂，只能让他给我解说。统谱办要求送"归宗谱"，全县吴氏各支系能否送全，我无法保证，但我下了决心一定要搞好大红吴姓的宗谱，并亲自动手编纂。我在编纂《大红吴氏宗谱》中做了三件事：一是从头到尾把旧谱翻阅了一遍。二是正本清源因为旧谱是由家谱先生编的，我怀疑其中有错漏之处，决定赴祖地庆元举水查阅族谱。我于1999年8月21日邀吴卢荣、吴钦文、吴世树等人到举水乡所在地住了一夜，拜访当地吴姓宗长吴庆生及相关持谱人。他们搬来三房十多本祖谱，我专查与大红有关的富二公之谱。原谱称大红始迁祖吴文演是富二公之次子敬三后裔，在举水《富二公房第二图》中查到文演公是富二公之三子敬五的后裔，图中载明文演公及其子福贵、福明迁至政和。原谱经过这一番正本清源，可以说大红宗谱是政和吴姓30多个支系最清楚的一支。三是改革宗谱编排格式。原版宗谱是手抄本，用直排吊线、五世一提。现在改为横排衔接，从左至右分列，父在左、子在右，兄在上、弟在下。这样编排，既适应现代印刷技术，节省纸幅，也方便阅读，并把近祖生卒年号、庚岁对照公元在括号内说明，以察正误。我将整整100页共2万多字的《大红吴氏宗谱》付梓，寄给《中华吴氏大统宗谱》编委会，编委会阅后很满意，并把谱中6篇序言选了3篇登载在"序言选集卷"。我写的《大红吴氏重修谱序》被登在该卷第294页，其余两篇分别被登在清代时期第

147页和民国时期第186页。近年县内有热衷族谱的吴姓人来要《大红吴氏宗谱》做样本。按统谱办要求，文字谱80世以后由各地吴姓宗支自己编，我把文字谱初稿拟好后，交由三子吴海帮助复核校对，排印出版，发给大红吴氏后代传承。之后族谱相关事宜皆由三子吴海接手。他在浙江金华从事商务时仍然对族谱事宜尽心尽力，目前他任浙江省吴氏宗亲联谊总会常务副会长、金华至德文化研究会秘书长。

（八）分类建档，累积家史

每年6月9日是国际档案日。家庭档案是国际档案和国家档案的组成部分，是良好家庭教育和家风、家训培育、传承的生动教材，是传播家庭精神文明和优秀传统文化的有效载体。建立家庭档案，能为家人和后代保存珍贵的历史资料，积累生动的历史阅历，丰富无穷的生活情趣，加深对家史乃至国史的了解，可以说是给子孙后代留下无形的文化遗产。建立家庭档案，要全面整理，分门别类，分箱（盒）存档。我组建的家庭档案有以下10类。

1.文稿实录类：有个人简历、自拟手稿、发言稿、回忆录、笔记本83本，装成一箱。

2.荣誉类：有奖状、聘书、证书一盒28件，少量奖品，由照片记录，有十多张。

3.家用设备类：大件家电发票、保修卡等一小盒。

4.理财类：有生活收支账本（从1982年至今共30多本）、儿女婚庆消费账本、社会公益捐赠发票等，装成一箱。

5.建房类：建房批地手续、房产证、土地所有权证，建房原材料采购发票，用工、帮工、运输、接待及消费账簿等一箱。

6.音像类：生活照片（包括本人及家庭成员个人照、旅游照、历次全家福照、单位及亲友集体照、亲朋好友活动照）16册，录音、录像资料一整箱。

7.宗谱类：《大红吴式宗谱》6本（吊线谱和文字谱各3本）、《中国吴氏通书》1本、《中华吴氏大统宗谱》7卷共8本和有关资料书1箱。

8.健康档案类：病历、体检表、胸片、CT片、核磁共振片装成1大盒，还有体育健身用品等。

9.社交类：朋友、儿女信件（长子199封、次子26封、三子84封、女儿55封）、名片、朋友纪念信物等一小箱。

10.收藏类：工艺品、艺术品、字画作品、毛主席像章、纪念币等。

上述档案、资料经我子女拍照、扫描，建立了电子文档，已经越来越齐全、完善和丰富。光是我长子子华为我扫描、收集、补充的各类电子版照片就达2600多幅。受我影响，我的子女们也保存了不少属于他们的各类档案。我想，如果将我们全家的家庭档案集中起来，将来可以办一个"家庭档案馆"供后代查阅。

（九）旅游观光，增长见识

年轻时我们夫妻各忙各的，聚少离多。回县城后，依旧各自埋头工作，以至于聊天的时间都少。我退休后，每逢出行，必定夫妻同行，互相关照，共享美景风光。这些年来，在子女们的安排和陪伴下，我们两人先后在上海、南平、武夷山、厦

2010 年 11 月，参观漳州花博会

2012 年 2 月，游览漳州云洞岩景区

2015 年 9 月，与儿子媳妇们同游东山
风动岩景区

2014 年于黄河壶口瀑布景区

门、漳州长居，尽兴游览周边景区，还专程拜谒无锡梅里的吴
氏始祖太伯墓、太伯庙和大红吴氏先祖的祖迁地庆元举水半月
山；参观游览苏州太湖、宁波普陀山、安徽黄山、江西婺源和
三清山；飞西安游览古城名胜，参观兵马俑、华清宫及历史博
物馆；赴延安瞻仰革命圣地，观赏壶口瀑布，朝拜黄帝陵。

随着年事渐高，我们已不便远游，子女们也不让我们远
行，但他们仍然不时自驾陪我们在省内漫游。比如，从武夷山
去厦门时，会陪我们到平潭岛过一夜，看一看海岛新貌；再在

福州住一晚，逛一逛三坊七巷；在漳州会安排我们住东山岛，游红树林，看"龙江颂"，走花博园；或是参观华安二宜楼，再看南靖土楼群。即便在政和，他们也会陪我们到周边漫步东山玻璃栈道，眺望念山梯田美景；或是重游洞宫山，再赏鲤鱼溪，考察古村落，探访新农村。我们行动缓慢，他们则耐心陪伴，一路观景一路聊，让我们的身心无比放松。

（十）故知相聚，老友重逢

老朋友、老同事、老同学相念相思、相逢相聚，既是人之常情，更是退休老同志都中意的快乐之事。很多老领导都思念工作过的第二故乡，这点我十分理解。他们退休后大多在省城和地级市所在地，也有回外省老家居住的。我在职工作时去省、市开会都会去看他们，退休后也都保持着联系。他们想回政和故地重游，我都热烈欢迎，热情款待。我退休后，先后有好几批老领导、老同志回到政和，我都会派车陪他们到工作过

2009 年与老领导李文芳相聚

2019年12月时任县委书记黄爱华（右一）陪同省政协科教文卫委原副主任、闽南师大党委书记林晓峰（中）看望我们

的乡、镇、村或省级旅游景点洞宫、锦屏杉木王等地去走走看看，或是联系曾经一起工作过的老同志一起聚聚，合影留念。比如，老县长师仁忠夫妇和原组织部部长王长祥先后故地重游，我和德凤尽地主之谊，热情接待。2002年，80岁的原县委常委徐熙携夫人从老家江苏扬州专程回政和，我们也欢聚一堂。原来同我一起在杨源公社和县良种场共事，后提任县政协副主席的陈泽恒及夫人，他们在香港定居，也专程回来，我全程陪同他们到原来工作过的杨源乡去走访参观，也都在城关召集一起工作过的老同志相聚，其乐融融。我的老领导、铁山区第三任区委书记李文芳夫妇及原在我家乡大红、高林任土改工作队队长的杨廷贵及许维和等同志，我安排车辆陪他们到铁山、大红、高林故地重游，相聚甚欢。

退休后常有来往的亲朋好友还有很多，如原在县委机关长期一起工作，后调松溪县工作的好朋友甘新政、施刚毅（分别任松溪县委办主任、县人大常委会副主任），我邀请他们回政和探亲访友，陪他们到洞宫山水库去钓鱼，两天时间我们聊家常和往事，享受大自然的美，充分放松心情。

　　很多老领导也珍惜情谊，注重关心、关怀我们这些退休老同志。2008年春天，时任南平市委副书记翁卡和南平市人大常委会原副主任祖忠福都先后到武夷山我家看望我和家人，让我念念不忘。我2010年开始在武夷山居住，2017年迁居厦门，2019年重回政和老宅安居，来探望我们的老友和领导也很多。比如，福建协和医院的主任医师唐守溙，福建医科大学附属第一医院耳鼻咽喉科教授、主任医师、研究生导师易自翔，山西南下老干部、我的好友王锋敏，漳州市人大常委会原副主任刘

2020 年 4 月张建光（本书序言作者）来看望我们

2021年1月28日时任南平市委常委、组织部部长林旭阳来政和家里看望慰问我们

2025年2月16日原南平市副市长、武夷学院书记吴邦才来家里看望我们

加来，南平市委原常委、组织部部长林旭阳，福建省政协科教文卫委原副主任、闽南师大党委书记林晓峰，政和县历届领导黄爱华、黄拔荣、王丰、郑满生、詹树强、吴发胜、苏久勤、颜隆波、陈德文、陆学锋、卢亨强等都先后登门看望、慰问，给我们带来亲切的关怀和鼓励。南平市政府原副市长、武夷学院原党委书记吴邦才和南平市政协原主席张建光作为我们的亲戚，更是常来家里探望，让我们倍感贴心和温暖。

2024年2月张建光与政和县委书记黄拔荣、县长王丰及其他县领导看望我们

十四、健康才是福，享福要"五好"

俗话说："禾怕秋间旱，人怕老来穷。"老来怕穷，不仅是怕经济上穷，而且还怕孤独、空虚、失落，怕精神上的"穷"。我们夫妻俩退休后近30年的家庭生活，可以说是"幸福满满，超越梦想"。现在，亲朋好友见面时都会互相勉励"健康就是福"。的确，不管男女老少，也不管个人还是家庭，只有平安健康，才能体悟幸福。我们常想，老了更需要健康，不仅是为自己，也是为全家、为后代而保持健康。我们健康，儿孙们才能安心工作和学习、愉快生活，在各自的战场上多做贡献。健康是福，但享福也是有条件的。能保持目前的健康状态，就我自身的情况而言，主要缘于"五个好"。

（一）有一个好伴侣

我与老伴何德凤在1956年春节结婚，至今已相伴60多年，真可谓相濡以沫六十载，凤毛麟角钻石婚。我感恩有一位与我相互扶持、不离不弃的伴侣。

老伴何德凤与我志同道合。她与我都于1933年出生，属同龄人；我家在铁山大红村，她出生于铁山高林村，属同乡人；我从小当放牛娃，她从小做童养媳，我们都被共产党解救并从此走上革命道路，属同路人。我们18岁相识，22岁相恋，24岁结婚，26岁生子，5年生三男一女。我们相识是因为工作，我那时18岁，由区委派到高林乡公所任民政干事。我那时比较活跃，下村到她所在的畲头村发动妇女、儿童唱歌、跳舞、扭秧歌，她也积极参加。后来经过土地改革运动，她是翻身得解放的妇女积极分子，被选上当团支部书记、妇女民兵队长，成为村干部。后来我调到区委任宣传干事兼秘书，她入了党，调到乡里任党支部书记。这时她也通过法律手续，解除了封建包办的童养媳婚姻，我们才开始相恋。我始终感觉她是个独特、聪颖、独立、有思想的女孩。我们相恋时，没有托人为媒，没有贵重聘礼，也没有诗情画意的浪漫。因没时间写情书，只有等她来区里开会时，我会写个纸条，夹在发给她的文件里，互通消息，表达爱意。我当时只送给她一支钢笔、一本笔记本，意在鼓励她努力学习，共同进步，不断提高文化水平和工作水平。我们共勉，在政治思想和学习、工作各个方面都绝不能比别人逊色。我们的婚礼也是最简朴的，1956年春节前的农历腊月二十九日，她由城关区通讯员护送，挑一床被子，从城关步行到铁山区公所。当时我还在上班，但也在期待她的到来。晚饭后在区里主持工作的区委副书记王来心问："你们打算今晚结婚？"我说："是。"他就帮助在区里过年的五六个人举行婚礼座谈会。我父亲从大红家里送来一竹筒红酒，备了几碟小菜，大家吃吃喝喝热闹一番，就算办了喜事。第二天除夕，我带着新媳妇回到大红家里过年，正月初二去高林拜见岳母及娘家亲戚，初三就双双赶回县城参加县委召开的三级扩干会了。

老伴学习刻苦勤奋。论文化，她没上过学堂。我虽然小学也还没毕业，写作水平也不高，但我念了三年私塾和一年小学四年级，文化基础比她好，就经常鼓励她，耐心帮助她，帮她改信里的错别字。她在工作之余，每天晚上在家里都点着煤油

1956 年春节我们拍的结婚照

灯或燃着竹篾片认字学习，写字到深夜。她学文化刻苦、拼命、有毅力，记忆力也强。1953年学习宪法，108条她都能全部背下来。由于她勤学苦练，渐渐就能自己写发言稿和简单的工作汇报。她在各个工作单位的总结，就由我辅导她写。她所任职过的工作单位的文档资料都留有我的笔迹。1956年春，我调到县委党训班任副主任，组织上就把她调到铁山区任区委宣传委员，接我的班，我就向她移交工作。

老伴工作堪称一流。她于1953年1月入党，同年3月就担任高林乡党支部书记，还身兼团支部书记、妇联会主任、互助合作主任、县人民代表、县政协委员等13个职务，工作时"革命加拼命"。1954年10月提干到一区任团干后，她几经工作调动和职务变动，始终服从工作需要，听从组织安排，尽职尽责，能上能下，在各个岗位上都勇挑重担，争创一流。1975年4月，她调离镇前公社革委会副主任岗位，先后担任县医院党支部副书记兼革委会副主任、县教育局副局长、文化局副局长主持工作。在这些知识分子成堆和文化、艺术、专业要求很高的单位和部门任职，对她这个没上过学的工农干部来说，不能不说是极其严峻的挑战。但让人佩服和欣慰的是，她在这些单位都是以二把手的职位挑一把手的担子，而且干得有滋有味、有模有样，有政绩也有好口碑，很受干部群众的尊敬和拥护。特别是在以副局长身份主持文化局全面工作近4年时间里，她把文化馆（站）、新华书店、电影院和越剧团等各项事业开展得红红火火。越剧团参加全省青年演员艺术比赛，金月萍获得一等奖。地区文化局卜乾斌局长评价道，政和县文化

2021年建党100周年时，我们夫妻佩戴"光荣在党50年"纪念章

2008 年，我们即将移居武夷山时在自家院子留影

局的各项工作在全区都是名列前茅。进入改革开放年代，因为没有文凭，德凤无法被提拔任用，但她始终感恩组织的培养信任，对自己的成长进步很知足。知足而常乐，这是保障我们晚年健康的信条。

老伴对我十分体谅。"家和万事兴"，尤其是夫妻关系对家庭和睦至关重要。有了牢固和谐的夫妻关系，才有稳定和谐的家庭，孩子们才会有一个温暖幸福的成长环境。夫妻两人性格脾气和行为习惯不同，在工作、生活中有意见分歧，甚至有时产生矛盾纠纷，这都是正常的。但我们两人达成默契：凡事必须心平气和地沟通交流，消除误解和偏见，绝不能在外人和孩子面前发脾气或有粗暴举动。德凤与我就是这样做的，我们之间更多的是相互理解和宽容，相互关心和爱护，相互学习和鼓励，扬对方之长，补自己之短。生活上我们也尽量照顾和

2020 年在自家院子合照

适应对方。我们两人体质不同，在饮食方面一个怕寒、一个怕热，这也有好处，冷热食品各取所需。我俩不论喝什么酒吃什么菜，都相互陪伴，细嚼慢咽，相得益彰。我们俩的相敬如宾也造就了家庭的和谐与团结，让我们的家成为在外创业奔波的儿女们的温馨归巢。

老伴贤德堪称楷模。《曾广贤文》中说："妻贤夫祸少，子孝父心宽。"我这一辈子都发自内心地感慨，德凤在"贤"字上是做得完美无缺的。她不仅在我的衣食住行上无微不至地关怀，对母亲和公婆也照顾得很周到。我们结婚后，大红一大家子的零用钱，父亲几乎每个月都会领走一些，她都以理解和宽容的态度对待，从未拒绝，从不埋怨。就算自己借钱欠债，都没有让我父亲空手而回。因为她也理解，一个大家庭总会有各种开支。她不仅对儿女的生活细节各方面全盘考虑、精心安排，也把婆家、娘家的大大小小时常挂在心上。我的4个弟弟中，除了三弟残疾未娶外，弟弟们结婚时身上穿的和床上用的全是她一手筹办的。她不仅处处关照家中老少亲人的温饱冷暖，对各方亲戚、婚丧嫁娶、礼品往来都细心应付，既有何家大姐和吴家大嫂的亲和力、向心力，也帮我减轻了许多内在压力和精神负担。我们家在乡下的穷亲戚多，家中的亲朋好友也多，她都不辞辛劳地热情接待。真乃"四方来客喜相迎，陪坐敬茶尤热情。粗茶淡饭情义浓，欢声笑语羡四邻"。我的老伴为家庭造福，为亲友尽责，她付出了艰辛，付出了心血，也付出了她所有的贤德修养和才能智慧。说起我老伴其人其事，我的

1980年子华回家探亲时的亲人合照（我的左边是我父亲，右边是我岳母）

子华探亲时在居所的亲人合照

1978年三子吴海参军时的亲人合照（前排右一是我父亲，左一是德凤的亲叔何积培）

2019 年，次孙铁成结婚时的亲人合照

2019 年我和三个弟弟合照

整个家族上上下下都赞不绝口。我对她更是心怀感激，感恩她是我们这个幸福家庭最大的造福者。

我的二弟吴美煊为合影赋词："银发老大已耄耋，小弟赋闲也当爷。手足情深少谋面，犹如欢聚新世界。"如今我大弟弟已先我而去，常令我黯然神伤。他们夫妻一辈子守在老家，对我的老父亲言听计从，辛苦劳作从无怨言。德凤想起我的大弟弟也常常落泪。

（二）有一个好后盾

这个后盾就是我的岳母和内弟。我与德凤在1956年春节结婚后，仅在1958年至1963年间，长子吴子华、次子吴子龙、老三吴海及小女吴庆玲陆续出生。由于我们夫妻俩长期分居两地工作，德凤每次的分娩假期只有50多天，1960年我的母亲因病去世，老三也在这年年底出生，三个儿子要雇三个保姆，工资入不敷出，生活极端困难。困难时期，老二在保姆那里食不果腹，面黄肌瘦，生命垂危。就在这时，我岳母提出："把孩子送到高林来，孩子保命要紧，有困难，慢慢克服。"1961年，我就把老大、老二送到高林岳母家，老三和此后出生的女儿则安置在岳母邻近的堂姑家，教育则靠岳母和内弟关注，几年后女儿也都搬到岳母家。这样，我们才能在经济上精打细算，相互接济，共渡难关。我和德凤因少了后顾之忧，才有可能尽责履职做好工作。我的孩子们直到小学毕业后进城上初中，才回到我们身边。对我的岳母和内弟的无私支持，我们夫妻俩感恩不尽。后来两家不分彼此，内侄儿、侄女进城读书，我俩也以亲生子女相待。岳母后来患病，直至出葬、迁葬，我都尽心尽孝，没有半点怠慢。岳母80岁时，我亲自到省城最有名的工艺厂为岳母做了一个永不褪色的"德范永辉"硬漆匾。岳母去世时，我为她写遗联"苦守家业誉桂冠，贤育后代留英名"，横批是"寿终正寝"。长子吴子华也为赞扬我岳母的高功厚德在她墓碑上题了一副对联"一生洒尽慈母泪，苦守家门，坚贞厚德，恩泽满堂子孙；百年修善菩萨心，乐施慈悲，鸿仁博爱，誉享广宇山乡"，对她的一生做了确切的评价。我对高林也满怀深厚的感情。有一年在高林过年时，我发出感叹，写了六句诗："竹山环绕云蒙蒙，山清景秀水溶溶；勤耕山田必致富，鸟语蛙声助寿宏；人心善良正气旺，育我吴后有其功。"至今我的儿女甚至孙辈们都对高林情有独钟，只要得空就前往探望留守的亲人和乡亲们。

我和内弟 2017 年在漳州参观菊花展

我的内弟何德仲与我老伴姐弟俩从小共历磨难、相依为命。他在家当村干部时，既是呵护母亲的孝子，又是抚养后代的慈父。他为了

2008 年春节，我和内弟两大家子一起在高林欢聚

让我和德凤能够安心在外工作，在自己还没有当上父亲之前，就毅然与年轻的爱妻将我们的小孩一个又一个接回高林家里，与此后陆续出生的一大群表弟表妹们共同在高林那间拥挤但却温暖的木屋里度过艰难而幸福的童年。他除了抚养外甥们，还要时刻关注他们的思想品德和行为修养，随时用慈父和严师的威严来规范孩子们的举止言行，直至把他们一个个管教到小学毕业后送出山乡。他始终关心他们的学业和事业。2018年2月27日，

2010 年内弟和我们在漳州

2017 年，老二吴子龙、老三吴海陪我们和内弟参观南靖土楼群

2017 年 11 月，我和儿子们及大儿媳陪内弟游漳州碧湖公园

德仲因突发心脏病不幸去世，我的儿女们个个悲痛不已，在高林家中处理完丧事后，他们四兄妹联名撰写的纪念文章先后在《闽北日报》《闽南日报》和《政和资讯》上发表，许多读者为之感动流泪。

从内弟17岁起，我和他就相识相知，感情深厚。他的突然离去，对我们是沉重的打击。

（三）有一个好居所

舒适宜居的住所，是健康长寿的重要保障。我在政和青龙庄三弄2号建的房屋位居坡顶小山岗，坐北朝南，阳光充沛，空气流畅。在院子里我负责管理果树、绿化、养花种草。老何除了管全家人的膳食，对清洁卫生也特别认真，确保里里外外一尘不染。上级有关部门每次进行卫生检查或精神文明考评，都以我家为参观点，地、县多次给我们发奖牌、奖状。绿化、净化空气对我们老年人的健康很有益处。在这些年里，子女们也先后多次把我们二老接到他们工作和居住的南平、厦门、上海、漳州等地过节、度假或小住，但我们都适应不了他们那"鸟笼子"般的居所环境，总是离不开政和老宅，我们也成了名副其实的"空巢老人"。2008年，我们被次子吴子龙接到武夷山，开始在他自己开发的桃园北苑别墅长住。那里除了具备居住设施、车辆、保姆等条件外，还有比政和老宅更大的空间供我们种树种果、圈养鸡鸭、养蜂种菜，既不乏城乡田园滋味，又可享受生态环境景观，所以，我们在这里算是比较舒适地生活了整整8年。

但是，到了2016年，随着年龄增大和体质变弱，我已经无法胜任各种体力活动，菜、果、花、蜂都疏于打理，别墅生活也逐渐失去原有的滋味。我们敦促长期与我们一起生活的次子吴子龙腾出时间到厦门照料小儿子吴铁元。长子吴子华的儿子吴铁寒在厦门航空公司工作，老三吴海一家人早就在厦门定居了。这样，厦门就成了我们家的集中地。在此情况下，我与老伴经再三权衡，为了便于小辈们照顾，也为了减轻他们来往于武夷山与厦门两地的奔波之苦，我们同意了孩子们的安排，决定从武夷山迁居厦门海沧。

为了让我和老伴在厦门能够有一个舒心且相对独立的居住环境，三个儿子共同出资在海沧选购了一套位于他们三兄弟住所中点的一个建筑面积不算大，却拥有180平方米露天平台的住房。他们反复物色，最终选定此地，目的是让我和老伴种菜养花有场所、休闲运动有空间。经精心装修改造，我们于2016年11月30日正式搬入这套新居。改革开放40年之际，我写了一篇《从缺巢、筑巢到空巢、多巢》的短文，通过记叙自己从"缺巢"的困顿、"筑巢"的艰辛到"空巢"的快乐和"多巢"的幸福，来讴歌改革开放的伟大成就与普通民众生活上的巨大变化。这篇文章先后在《厦门日报》和《政和资讯》上发表。很多人都认为，我们已经彻底告别政和的"空巢"了。

在厦门的新居时，我们从武夷山雇请了照料我们多年的保姆，儿孙们也三天两头来看望陪伴我们。按道理我们应该在这里心满意足地安度晚年，但在厦门生活不到两年，我的老伴何德凤就逐渐表露出想回政和老家生活的想法。一开始，儿孙们以为她只是说说而已，没太认真对待。当2018年底，她决

2013 年春节在武夷山

2016 年春节全家在厦门

2019 年，我们又回到了心心念念的政和老宅

意要回政和，儿子们尊重她的意愿，同意她回到政和。2019年春节过后，他们陪我们回到离开十多年的政和南大街青龙庄三弄2号的"老巢"。回到老宅陪伴我们一段时间后，儿子们切身感受到，再宜居的城市和再豪华的住所都取代不了老人的最终归宿。这个归宿是能找得到自己来路与去向的落叶归根处，是让自己魂牵梦萦和终身难舍的生死结缘地，是三亲六故和亲朋好友时常走动的亲情交际处。而在所谓宜居城市的豪宅中，我们往

往感到自己不过是每天可以自由放风的"老囚"。正因为子女们有了这种体会，所以他们不再规劝我们再去他们身边过日子，而是修整老宅、完善设施、雇好保姆，分工安排好四兄妹按月轮流值班陪伴。我们相信，有了这样一个好居所、好"归巢"，我们的健康长寿就更有保障了。

老家除了有个好住所，还能时时感受亲情的关怀，时常受到小辈们的关心、照顾。侄儿侄女、内侄们经常上门问候和关心，偶尔需要上医院时，他们也义不容辞地前来帮助。我的侄儿吴子胜这些年无论多忙，总是驱车替我们运来山泉水，让我们倍感温馨。

（四）有一群好后代

多子未必多福，心宽方能体健，这是很多人的看法。然而我和老伴欣慰的是，我们晚年的幸福生活就是因为有四个孝顺的儿女。我和老伴经常扪心自问，我们的三男一女如果有一家经济贫困或遭病灾折磨，我们还能晚年无忧吗？所幸儿女们个个小有出息，事业安稳，生活小康，无须我们担惊受怕、操心费力，这是我们最好的福分。常有人在称赞我们之

1971 年国庆节全家团聚

1981 年春节孩子们团聚留影

余问我们是如何管教子女的，结合我们的实践，我有三点体会。

一是对子女不宠溺，多吃苦必有益处。我们的子女一个接一个地出生，而老伴的分娩假期只有50多天，所以他们都是由奶妈哺乳、与奶妈家的兄弟们一起长大的，稍大一点就被送到高林我岳母身边生活、读书。他们从小就很懂事，懂得生活的苦，懂得长辈的难，懂得要艰苦奋斗、勤劳节俭、为家人分忧。他们一个个从七八岁开始就跟随大人上山砍柴、下地种菜，春播、夏种、秋收、冬藏，挖笋、碾米、采野果、抓泥鳅，大人忙什么他们就帮什么，自己能干什么就主动做什么。他们在上小学时就上山扛毛竹尾，赚钱交学费；进城念初中时，每天帮助家里挑水做饭，周末拉着板车去乡下砍柴火；他们还到处找零活干，上建筑工地挑砖瓦，爬大樟树采中药材，给自己赚零用钱。女儿还经常组织小伙伴们一起打扫县医院医生护士们居住的人委会大院无人管理的公共厕所。

正因为孩子们从小养成吃苦耐劳的习惯，所以后来无论是作为知识青年下乡插队，还是到部队参军入伍，或是参加高考上学深造，都不畏艰辛，刻苦学习。我的三子吴海1978年参军，1979年部队停止从非大专院校毕业的战士中提干，他虽然不能像大哥一样当上军官，但他始终坚持利用业余时间自学英语。退伍后被安置到林业系统工作时，他仍坚持英语函授学习，并自学，获得大学本科学历，后来成为政和一中英语教师，接着成为赴以色列援外机构的资深英语翻译。让子女从小在这么艰苦的环境中生活、成长，这并不是我和德凤的本意，主要是因为当时我们没有条件自己照顾、抚养孩子，只能将他们拜托给奶妈、保姆，在他们家中品尝生活的酸甜苦辣，但却在无形中培养了他们的独立精神，使他们形成了良好的人生观和价值观。

二是不必望子成龙，教子做人足矣。因子女无法从小和我们一起生活，我们作为父母难以尽到教育培养的责任，因此对

1982年春节，我们与四个孩子合照

他们的学业成绩将来的事业成没有太多的要求，但在道德品质、为人处世方面要求较为严格。

我们常用"少小不努力，老大徒伤悲"的道理来启蒙、培养他们积极进取、奋发向上的自觉性，更注重用"做事先做人，做人先修德"的祖训来加强他们的品德修养和言行规范。在这方面，我的岳母是最好的教育家。我非常感恩我的岳母和内弟。

我的岳母谢桂英是名门闺秀，26岁就失去丈夫，终身守寡，为了抚育后代历尽千辛万苦。她是我们子女健康成长最重要的老师，也是全家大小的道德楷模。我岳母常说，会生孩子算不得什么本事，老鼠青蛙、虱子跳蚤也会繁衍后代，但教育好孩子并把他们培养成有用之才，那才算本事。她把她生活中的经历和磨难作为素材，结合她在私塾学得的四书五经，尤其是《增广贤文》等儒家典籍，对后辈谆谆教诲。每天晚上入睡前，岳母都要向小辈们讲古论今、就事讲评，针对大家的功过是非适时进行激励、开导、教育。因此，家中那两间紧邻相通的木板房就被我的儿女们称为"小时候的道德讲堂"。

我的内弟何德仲，对母亲是个大孝子，对外甥们就是慈父和严师。他为了侍奉母亲不惜放弃脱产提干的机会，坚守在高林村当了一辈子的村干部。他从小与矢志守节的母亲相依为命，历尽苦难，终于迎来了中华人民共和国带来的新生活。他1960年加入中国共产党，在高林公社（大队）会计、团支部书记、党支部副书记等岗位上锻炼，因德才优秀，工作出色，组织上曾两度要调他出去当脱产干部，但他丢不下孤寡的母亲，毅然婉拒提任，甘愿留在母亲身边，当了个不离乡的半脱产干部。从1976年至2006年，他任高林村党支部书记达31年之久。他在担当村主干和家庭顶梁柱的沉重压力下，还要扛起抚育一群外甥的重任。他除了关注外甥们的生活，更时刻关注他们的思想、品德和行为修养，随时用他那威严的批评，甚至用极富威慑力的竹烟斗来规范孩子们的举止言行。在村子里，孩子们如果玩得过火或是顽皮不听话，乡亲们只要猛喝一声"你舅舅来了"，这些孩子就会马上镇静、老实了。内弟就是这样把他的慈爱寓于严教之中，直至把我的孩子们一个个管教到小学毕业后送出高林，走向远方求学、立业、成才。在我的儿女们心里，外婆的循循善诱，舅舅的严格管束，一柔一刚，刚柔相济，让人体会慈爱的温暖和严爱的永恒。

在教育孩子方面，我和老伴都抱着认真、严肃的态度，共同分析每个孩子的优缺点，耐心引导、鼓励孩子念好书、求进步、做好孩子。我们发现孩子的缺点或错误时就严肃批评，决不纵容。孩子们小时候在高林，我们因工作繁忙，少有节假且交通不便，一年也难得回去几次。每次回去，虽然只能住一两个晚上，但孩子们就像过节一样高兴，我们也尽可能与孩子们多相处、多交流。同时，我们会抓紧时间了解孩子们的日常表现，听取亲友和乡亲们的批评，对不良表现和不好的苗头进行针对性的疏导教育，必要时还举行家庭"批斗会"进行严厉批评教育。久而久之，高林的乡亲们都成了我们管教孩子的好帮手和监督员。在管教孩子时，我们两人坚持不装红白脸，不"我骂你哄""我打你拉"，任何时候都坚持步调一致的方针。事实证明，我们这样做，教育效果挺好。

我们没有望子成龙，我的子女也都没有大富大贵。但值得欣慰的是，他们都能努力做到爱岗敬业、忠于职守、吃苦耐劳、乐于奉献、遵纪守法、清正廉洁、以诚待人、与人为善、尊老爱幼、团结同志、热心助人、诚实守信、孝顺长辈、勤俭持家。所以，他们在社会上都有较好的人缘和口碑，工作、生活也都较顺利、平安。我也常想，何必望子成龙？他们只要懂得做人、做事，能够健康、平安，我们就该心满意足了。

三是言传身教，做好表率。我们知道，言教不如身教。要求孩子做到的，作为父母必须以身作则，处处做好榜样。比如，我们服从组织、敬业奉献、忘我工作，孩子们体谅我们工作繁忙、一丝不苟，都抢着分担家务。他们放学回家便帮助煮饭、买菜、搞卫生、洗衣服，我们回家就可以稍稍放松一下。我们有一官半职，很多远亲近邻都会来家里串门或上门求助，我们从不分亲疏贵贱，不嫌贫爱富，一概热情招待客人，孩子们也都习以为常，成了我们招待客人的好帮手，帮忙跑腿办事的"好伙计"。我们待人和善，怜贫扶弱、公道处事，也促成他们正直、善良、侠义的性格。我们平时公私分明，不以权谋私，不贪小便宜，处处为别人着想，这些都对孩子们廉洁从政、勤勉做事、与领导同事和睦相处等方面起到示范作用。我们也能从孩子们的为人做事细节上看到"青出于蓝而胜于蓝"的结果。

（五）有一个好家风

家庭是人生的第一课堂，也是终身的学堂，而最具教育效果的就是家风。我们的家风是在祖辈的传承沿袭、父母辈的身体力行的基础上，在社会主义新形势、新思想、新文化的滋养下逐渐培育起来的。家风作为家庭的传统美德和家庭的风气、风格及风尚的体现，对我的家庭成员特别是子孙后辈们影响很大。我认为好家风主要体现在以下几个方面。

1.明确目标，把正方向。要让子女有一个幸福快乐的人生，就要引导子女树立积极向上的人生目标、正确的理想信念、积极的价值取向。曾经有一阵，我们发现孩子们在传阅手抄本小说，我们也留心翻阅了一下，检查内容是否健康，并有意将《欧阳海》《钢铁是怎样炼成的》《雷锋的故事》等留在房间的书桌上让孩子们翻阅。我和老伴都希望孩子从小形成爱党、爱国、爱人民的思想。我的岳母则以她的亲身经历不厌其烦地向孩子们诉说新中国成立前的悲惨苦难家史和自强自立的事例，要求孩子们要为人善良、吃苦耐劳、乐于奉献、饮水思源、懂得感恩。孩子们有了明确的人生目标，就能在学习、工作和生活中提高修养，不断提高判断正误、明辨是非的能力，补好精神的钙，走好自己的人生路，努力做到对国家、对社会、对家庭有所担当。他们都明白，不一定做大官，但为官就得做个好官；不一定要做大事，但要做好每件有意义的小事；不一定赚大钱，要赚就赚正当干净的钱。有了精神的高度，就会把握好做事的尺度，就会善于取舍，懂得知足，也懂得享受健康、平安和快乐的生活。

2.刻苦学习，攻坚克难。我的父亲、岳母知书达理，为我们树立了学习的榜样。我们夫妇二人在职业生涯中也刻苦努力，活到老学到老，激励孩子们在学习上一路前行。我们的子女中，除了女儿吴庆玲从福建师范大学外语系毕业外，其余三个儿子及儿媳高中毕业就参军、就业或从中专毕业后进机关，但都坚持在职参加函授、电大或自学考试，边工作边读书，最终全部取得大学本科学历。老三吴海在部队服役3年，坚持利用业余时间自学英语，退役后参加了大学自学考试，先后获得大专和本科文凭，成为政和一中优秀教师。我退休后仍然坚持学习，缺什么就学什么。我从一开始看不懂宗谱，到后来撰写宗谱得心应手。我为《大红吴氏宗谱》作的序被选入全国吴氏统谱序集中。为了自己和家人的健康，退休后我读了很多医著和中西医杂志，曾写了几本医药笔记。1999年4月上旬，我84岁的岳母在高林家中于夜间剧咳不停，失神昏睡，不食懒言，时而想呕吐。我分析是因为时遇春雨，脾胃失调，久咳内伤。我让岳母服用了"二冬二母汤"，过3天好转后请保健站医生加注葡萄糖、氨基酸，最终痊愈。我和老伴曾有几次胀气、眩晕、心跳如雷，甚至有次因食物中毒急泻不止，在病情危急时都是凭自己掌握的医药知识紧急处理。晚年退休后学医，我也体会到，掌握一些医疗知识还是很有必要的。我们家的学风，对孙辈也产生了积极影响。我的长孙吴铁寒大学本科毕业后，虽已在国企就职，但他仍坚持在业余时间学习考试，被美国大学录取为硕士研究生，学成回国后，现已成为厦门航空公司的业务骨干。我的次孙吴铁成，大学毕业后就职于省人民医院，因表现突出被公派到美国克莱顿大学硕博连读，考试成绩科科优异，被该大学校长授予"荣誉学生"称号，现在在福建中医药大学任教。我的外孙许宇恒，从德国获得硕士研究生学历后在德国就职，现被德企派往上海任高级经理，业务精通，勤勉敬业。

3. 以人为本，以德为先。我们的父辈只传给了我们一穷二白，我们能够传给子孙的也不过是自己动手盖起来的一栋砖木结构小宅。但我们的子女对我们传授给他们立身做人的功课——修德很满足。国以人为本，家更要以人为本。社会与家庭都是由人组成的，把人教育好了，就能达到家庭和睦、社会和谐、国泰民安的目的。万贯家财不能保子孙后代生活无忧，只有传承品德高尚的家风才能让子孙后代康顺平安。我们在注重遵守社会公德、职业道德的同时，要求自己和后辈修好个人品德，重点突出八个字：行孝、贵和、积善、修德。

一是行孝。德以孝为本，百善孝为先。孔夫子在《孝经》中说，孝是德行的根本，不孝，就是没有德。德行的教育从行孝开始，"孝门开，百门开"。我很自豪，因为我们家庭的每个成员在行孝方面，的确是人人力行，面面俱到，也得到了众人称赞。我和老伴能够安享晚年，完全离不开子女们的百般呵护和全方面尽孝。我经历几次大手术，住院期间孩子们轮流探视，细心照料。老三吴海熟悉医疗流程，每次都耐心看护陪伴直至我痊愈。这种孝文化对孙辈的影响也十分明显。我的孙子和外孙在国外读书时，再忙再累都忘不了视频问安。2022年，我和老伴在厦门海沧过春节，其间高烧住院，孙子以柯每天开车送饭，轮班接送，耐心陪伴，我倍感温暖。我的曾孙辈也与我们亲密无间。记得当时才4岁的曾孙女彦熹抚摩着我脸上的老年斑，听我说太爷将来老了就会死去时，她眼泪直流。听说后来她悄悄告诉妈妈，她在生日时许的愿就是希望长辈不会老，这样她就不会难过。

二是贵和。贵和是中国传统伦理道德的又一重要精神。比如，在国际关系上主张"协和万邦"；在国家治理上期望"政通人和"；在人际关系上要求"和睦相亲、和衷共济、和气致祥"；在经营活动中倡导"和气生财"；关于家庭关系则劝告人们"家和万事兴"。家庭和谐是社会和谐的基础。一家之计在于和，和的关键在于家庭的女主人。常言道："一个家庭是否幸福平安，后代能否成长成才，都得看这个家庭中的女主人的行为处事。"因为她们虽非血缘族亲，但主宰着家庭的日常生活，左右着家庭的和谐氛围。在这方面，我的老伴处处率

2016 年，儿子媳妇陪我们参观花博园

先垂范，做好榜样；而儿媳们也耳濡目染，自觉增进团结，精心维护和谐。因此，在我们家，婆媳如母女，相互体谅，相互关心，亲密无间，媳妇和婆婆有不同意见就会直说，但都会愉快地采纳婆婆的意见和建议。我的三个儿媳妇和一个女儿如朋友、如姐妹，每次相聚交流愉快、直来直去、有说有笑，从来没有拌过嘴、翻过脸，体现了融融的亲情。话说回来，我的这几位儿媳妇都是品德修养好、家庭教养好、总体素质好的人，这些品质是家庭和谐的基础。如果其中有一个不讲理的人，让家庭产生摩擦，如果儿子又不能把握分寸，闹出矛盾，就会直接破坏整个家庭的和谐气氛。正因为我们家的女子懂得讲团结、讲正气、讲和谐，所以我的三个儿子和一个女婿也更加亲密无间，无论在家里还是在社会上都亲如兄弟，有福共享，有难同当，碰到困难都能倾力相助。这种亲密团结的氛围，在孙辈们身上展现得更为浓烈。我的孙子和外孙只要有机会相聚，肯定要畅谈至深夜。贵和，不只是一家三口之和，而应当是一家几代人之和，为社会、民族、人类之和尽责。我们也希望团结和睦的家风能够人人珍惜，代代相传。

三是积善。我岳母的一生，既是与苦难命运顽强抗争的一生，又是满怀博爱、乐施慈悲、修德积善的一生。她丧夫失子、终身守寡、受尽磨难，但从不怨天尤人，始终善言善行。她看遍势利冷眼、世态炎凉，尝尽讥诮、欺凌和屈辱，但从不记仇结怨。相反，她总是以宽广的胸怀和仁慈的爱心善待一切贫苦弱势、处境落魄以及那些被歧视、被嫌弃的人们。她要求家人必须与人为善，帮助弱者，乐于助人。几十年来，"积善之家，必有余庆；积恶之家，必有余殃"成了我们家人人牢记的警句。真心帮人排忧，诚心助人解难，热心捐助公益，成了我们家几辈人共同的行为标准。所以，我和老伴以及子女们从不会被同事领导戳脊梁骨，反而离职越久人情越浓。我相信，积善是我们的聚宝盆，也是我们的传家宝。

四是修德。齐家重在修身，修身成于修德。修德是修业和成才的前提和基础，因为修业、成才都离不开与"德行"相匹配。习近平总书记提到："修德既要立意高远，又要立足平实……踏踏实实修好公德、私德，学会劳动、学会勤俭，学会感恩、学会助人，学会谦让、学会宽容，学会自省、学会自律。"这八个"学会"，个个都有内涵，要做到都很不容易。我常想，修好这些德，不一定会当大官、赚大钱、做大事，但一定会平安、快乐、幸福。所以，我希望后辈们一定要以德治家，以德兴业，以德育人，以德泽后，一辈子持之以恒地把修德这门基本功修好。特别是要坚守慎独的修德理念，就是在独处时、在别人无法监督的私下也能谨慎小心、自觉约束自己的德行，不做违反道德准则的事，以达到道德修养上表里如一的境界。

我和老伴这一辈子都心存感恩，感恩党的培养、组织的信任、领导的关爱、同志们的支持及人民群众的力量。所以，工作中我们感恩被提拔，没有被提拔也很知足，依旧勤奋工作。我老伴为了全家能安居乐业，于50岁时就毅然申请提前退休，在家当起"全职保姆"，让我和四个子女都有了和谐温暖的家。她虽然因此少了不少的工资、福利和退休金，但她总是乐呵呵地说，子女们的进步和贡献是再多的退休金都买不来的。我的子女们各有各的能耐，也各有各的不如意，但都只求争创一流，不去争名夺利；只求问心无愧，不去无端攀比。因此，大家都能保持知足常乐的心态，不跟自己较真，不与别人较劲，坚信人善天不欺，知足能安康。我的长子当了18年的正处级领导，很多朋友都为他未能提任厅级职务而打抱不平，他却开玩笑说，他在插队当知青时的奋斗目标是将来能当个公社革委会副主任（我和老伴担任过的职务），现在已远远超越梦想了。孩子们以乐观豁达的心态相互影响，相互激励，相互融合，真的可以汇聚出其乐融融的幸福生活。平安即是福，健康即是富，没有什么比平安、健康更让人知足和快乐的了。

岁月如梭，转眼间，我已到耄耋之年。我走过了一段无怨无悔、充满艰辛和幸福的路程。我衷心感谢每一个陪伴我走过这段路程的亲人、领导、同事，以及乡亲和朋友们，是他们让我的人生更加丰富多彩。我将带着这份珍贵的回忆继续前行，勇敢面对后续生活的挑战。

我从高林走来

——何德凤回忆录

我出身贫寒，8岁丧父，11岁做童养媳，自苦海中翻身解放，投身革命，在党的培养下奋斗成长，走过了翻身妇女苦去甘来、艰辛曲折的无悔人生。现将我一生的回忆分述如下。

一、出身贫寒之家

我于1933年农历十二月十九日（1934年2月16日）出生在政和县铁山镇高林村。父亲何积远，母亲谢桂英，我是长女，出生时家中还有爷爷何永本，叔叔何积培，一家五口住在一个面积有限的土木结构房内。我母亲是距本村10里之外的张岭村人。她祖上是富庶人家，但因富有而不得安宁，常有土匪抢劫，故外祖母将母亲许配给高林村较为贫穷但却本分可靠的何永本做儿媳。我母亲谢桂英温婉知性，知书达理，端庄贤淑，待人慷慨善良，智慧且独立。据说我爷爷非常疼爱这个贤淑的儿媳，常在吃饭时笑着对我母亲说："想不到你一个名门闺秀会嫁到我家做我的儿媳妇，真是我们家的福气。"我母亲对我爷爷也非常孝顺，众人都称赞说："永本的儿子娶了个孝顺的儿媳妇，真是个有福之人啊！" 我3岁时，母亲生了我的大弟弟，取名叫德景，长得眉清目秀，性情温和，甚是聪明，待人也彬彬有礼。我8岁时，母亲生了我小弟弟，取名叫德仲。我3岁那年，爷爷得了风寒高烧不退，不幸离世。这时，我们一家六口，包括我的叔叔，生活虽不算富裕，但也融洽幸福。

大弟弟德景出生之后，我就被母舅谢元良带到张岭跟着他和外婆吴卓玉一起生活。外婆非常喜欢我，晚上跟我睡在一起。怕我冷天受冻，外婆还特意请人为我做了一个高脚火笼，每天早晨盛了满满一笼炭火，我就穿着布鞋把双脚放在火笼上边烤火边听外婆讲家长里短和家族的趣事。同村亲戚很多，我常常这家进那家出。亲戚们也经常留我吃饭，我有时甚至还会在亲戚家过夜。有一次就被堂舅母李三妹留在她家过夜。她家虽很穷，但她为人热情豪爽，我们很亲近，直到1949年后都常来往。

我外婆是个总管家。外公谢华金早年病逝，外公的哥哥也很早过世，他的两个弟弟被土匪抓走活埋了。外婆家中生活着四个寡妇，还有四五个长工，都由我外婆总管。外婆全心全意地抚养我舅舅谢元良，供他读书。我舅舅读了多年私塾，人也聪明，毛笔字写得刚劲有力。他爱打抱不平，在外也有点小名气。

我6岁时二弟出生后，我也就回到高林自家了。父亲身体不好，但仍坚持着维持家庭生计。他知书达理，勤劳善良，聪明能干。他不仅会种庄稼，也能做些小生意。他很疼爱我们，对我外婆家也很关照，当地瓜、玉米、芋子等杂粮成熟了，他就会经常送一些给丈母娘。我外婆也甚是喜欢这个聪明贤良的女婿。

二、幼年痛失慈父

父亲在世时，我们家的生活虽算不上富裕，但还能维持基本生活，温饱无忧，且家中老少和谐，有说有笑，生活有滋有味，其乐融融。可是好景不长，在我5岁那年，父亲得了肺痨病，如今称为肺结核。在旧社会无医无药，得了肺痨就像患了绝症，迟早要死。父亲患病3年，终在几天的高烧和咳血后撒手西去，年仅38岁。母亲和我们姐弟悲天恸地。在这种情况下却没有一个亲友上门关照，真是"急难何曾见一人"啊！那年我母亲26岁，我8岁。父亲临终前把我叫到他的病榻前，他摸了摸我的头，握着我的手，殷切地叮嘱我："我得了此病是无药可治，必死无疑。我死后你母亲没能力抚养你们三个，要把你的两个弟弟拉扯大都很困难，你日后可能不得不去当童养媳，这样能减轻你妈妈的负担。童养媳很难当，不听话就要挨婆婆的打和骂。就像你看到的，我们隔壁家的那个童养媳被婆婆打得身上、脸上没有一块肉是好的。你到了婆家，一定要乖乖地听公公婆婆的话，做到骂不还口、打不还手，自己保护好自己，否则是会吃苦头的。"我眼里含着泪，点着头。父亲的谆谆嘱咐，我牢牢地记在心上。我知道，留不住父亲，家里的房梁就要塌了，我也应当为母亲分忧，幼小的心中已经为这种痛苦的选择做好准备了。

父亲去世后，我紧紧黏在母亲身边，帮助照顾两个弟弟。为了生计，母亲凭着在外婆家学得的手艺，替人绣花和缝补衣服，过着顾得上顿没下顿的艰苦日子。有时，隔壁家境较好的堂婶在一些有难度的针线活赶不出来时，就会上门来请我母亲帮忙。每次堂婶都会背着婆婆偷偷带些大米或咸菜给我母亲，以表谢意与同情。我10岁那年初春，因家中断粮，青黄不接，母亲叫我和7岁的大弟弟德景到一个我们家时常有来往的亲戚家借几斗米以渡难关。也许这家亲戚担心我们偿还不了，断然拒绝了我们。我们姐弟两人白白跑了几十里山路，空手而归。心里想着无助的母亲，我更是心如刀割。其实，那时母亲已有72天没米下锅，只靠野菜和炒米糠充饥。不得已，母亲只能变卖娘家陪嫁的嫁妆、寿衣和家具，其中有件绿色绸缎裙子被当作寿衣卖给了邻村大红的富户夫人，换回了几斗米，就这样艰难度日。

三、离家当童养媳

父亲辞世两年多后，家中生活实在难以为继，我母亲不得已便将我送给5里地外的畲头村黄家做童养媳。父亲的话我是记得的，也预料到有这一天。那年我11岁，黄家儿子才9岁。那天是1943年农历十二月十九日（1944年1月14日），既是我的生日，也是我不得不离家的日子。这天上午畲头黄家派了两个人来接我。午饭时母亲煮了两个鸡蛋给我吃，算是用喜蛋送别了。午饭后，除了我身上穿的一套衣服和脚上的一双鞋子，母亲另外用小布袋包了用来换洗的一套衣服和一双鞋子让我带上。带着母亲给我准备的"嫁妆"，我含泪离开了母亲和弟弟。到婆家的第二天早晨，我刚起床，婆婆就递给我一把扫帚和一个畚斗。接过扫地工具的那一刻，我眼泪止不住地流了下来。我婆婆说："我没打你没骂你，你哭什么？"要知道，我昨天离开娘家时忍着不哭是怕家人难过，而离别母亲和两个弟弟后，难舍的思念和牵挂不断涌上心头，无法抑制我的眼泪。夜晚，寒风冷冽，我走进那间破旧的小房间，看着那张小床上席子已经破旧得不成样子，上面随便堆着一床同样破旧的薄薄的棉被，心中的悲楚油然而生。我环顾了一下空荡荡、黑洞洞的房间，只得坐到床上。我拉开那床破旧的薄被子，发现竟然缺了一角。夜里，我裹着那床破烂的三角被，蜷缩着冰凉的身子，终于睡了一会儿。到这陌生人家的第一个早晨，我很拘谨地站在厨房的门边，看着面无表情的婆婆，我怎么也忍不住眼泪了。我很清楚地意识到，从那一刻起，我当童养媳、做牛做马的日子就开始了。头两天，我只是扫地、洗碗、擦桌子，或做其他家务。第三天开始，婆婆就要我早早地起床做饭。我虽已11岁，但个子矮小，够不着锅台。公公搬来一个约30厘米高的木墩，站在木墩上我才能刷锅、捞饭，才能把大蒸笼慢慢地滑到锅里。饭后我就要上山采猪草，回来后要煮猪饲料、喂猪。我穿着布鞋上山，鞋子脏了、湿了，回来后要马上洗净晒干，以备更换。我日复一日、毫无间歇地做着这一系列活计，力求不出差错。村里还有其他童养媳，她们在家经常挨打挨骂。我常看见同村的童养媳一碰面就一起诉苦。我记着父亲临终前的叮嘱，早起晚归，卖力吃苦，该做的事都尽量做好，这样也就不会被打骂了。春耕秋收的大忙时节，我还要随公公到10里之外的富尾垄村，驻扎在那里帮忙干活。村里人常赞扬说："黄家那小儿媳妇人虽小，做事情却真麻利，什么事都做得清清楚楚的。"公公倒是对我挺好，从来没有打骂过我。只有一次，公公因为一只鸭子走丢了，暴了粗口骂我。但他之后连连表示歉意说："我那是气话，你不要在意。我以后绝不再这样骂你了。"我婆婆虽然没怎么骂我，但整天黑着个脸。当童养媳的，总是提心吊胆，我饭不敢吃饱，因为总感觉有眼睛在盯着我盛饭；我觉也睡不安稳，因为我怕早晨起不来。鸡叫头遍后我便不敢再睡，因为到二遍后就要立刻起床，才不至于因睡迟了遭惩罚。婆婆生活作风不检点，有一次我公公从富尾垄回家，撞见我婆婆和一个相好在偷情，公公就拿起一把斧头，照着男的背上劈了下去。我这才发现，公公也有很凶的时候。婆婆心狠，似乎总在找机会收拾我。有一次我做完事，找村里一户人家玩，回来后婆婆就把我推进房间，从门外上了锁。我觉得很委屈，就跳窗从后门翻山逃跑。怕母亲生气，我不敢回娘家，就跑到张岭母舅家，求他解救我。我母舅原本就不同意把我送给那种人家当童养媳。在住了一天后，母舅就把我带回高林母亲家，劝说母亲解除这门婚约。但我母亲深受儒家礼教的影响，坚持让我回婆家。她对我母舅说："咱得守妇道，女儿家只有一嫁，没有再嫁。"姐弟俩吵了一架，不欢而散。母舅气呼呼地回张岭了。次日，母亲让我堂叔何积传送我回婆家。见到我婆婆后，堂叔就对她说："我哥哥就这一个女儿，到你家当童养媳，你不能虐待她。你若再虐待她，我们可不依了。"婆婆忙说："叔公，您放心。我再不会亏待她了。"我真不知道这样的日子何时是个尽头。

在当童养媳期间，一年中难得的一两次获许回家看母亲和弟弟就是我的快乐时光，但每次婆婆都反复交代要在3天内回来。我珍惜与母亲和弟弟在一起的每一刻。母亲在第3天就会督促说："咱得按照人家的规定做事，这样下次你想回来你婆婆就会准许。"每次，我总是依依不舍地、无奈地上路。我走几步就忍不住回头看，每次都看见母亲和弟弟依然站在路口，直到我消失在山路的尽头。

1949年5月，政和解放，穷苦百姓翻身得解放的日子终于到来了。1951年6月，高林成立了乡公所，同年下半年土改工作组进驻畲头村。当时土改工作组组长是南下干部杨廷贵，成员有许维和、吴安佬等5位同志。工作组进村后即着手发动群众，清算地主土地、没收地主财产，划分阶级、分配土地，实行民主建政，村级各种组织相继成立。我渐渐长大了，村里群众对我非常信任，都投票选举我担任村妇联主任、妇女民兵队长和村团支部书记。我没有辜负大家的期望，把事情样样干得有条不紊，得心应手。土地改革运动如火如荼地开展起来，至1952年2月胜利结束。1950年5月1日，《中华人民共和国婚姻法》正式实施。我虽在黄家当童养媳多年，但因黄家儿子比我小两岁，我始终把他当弟弟而非当作婚姻对象，因此总在考虑如何离开这个我认为不属于我的家。虽然尚未完婚，但为慎重起见，我还是根据婚姻法的规定，向人民政府提出了解除与对方的童养媳婚约。1953年，经政和县司法科批准，解除了束缚我的封建契约。共产党和人民政府解放了劳苦大众，也解放了我。

四、脱产调离家乡

1952年2月，高林完成了土地改革任务，我于1953年1月加入中国共产党，4月就被任命为高林乡党支部书记和互助合作主任，成为高林的第一任党支书。我开始享有每个月16元的补贴工资。土改后，农村的主要工作是宣传、发动群众，组织互助合作，发展农业生产。1954年11月，政和县第一批从基层选拔的40名干部中，我是其中一员，成为正式的国家干部。我被选派担任城关区（一区）共青团干事，当时的区委书记是刘玉秀同志，区长是叶望震同志。后来我和武装部部长杨遗进同志作为工作组被派到城关胜利街，当时的女街长叫吴清女。我们工作组的主要任务仍是宣传、发动群众，开展互助合作，发展农业生产，大搞爱国卫生、防病运动。我们有时要到附近乡下的自然村如水坑、江屯等地检查生产，帮助群众解决生产、生活中的实际困难。我们的工作虽繁忙，但是我总感觉自己有使不完的劲，我尽力做到人人满意，各项工作开展得很顺利。

　　1955年10月，我根据组织的安排，担任城关区委委员、区妇联会主任，负责胜利街、解放街的妇女组织和街道卫生工作。同年即被派到石屯洋后乡工作组，主要任务是落实粮食"三定"，即定产、定购、定销。洋后乡有洋后、王山口、马面山、顶前、王元仔、潘坑头6个自然村，我从一个村到另一个村，总在赶路。那时"三定"任务艰巨，工作量很大，群众的思想工作难做，斗争很激烈。那年我住在乡妇联主任林娘仔家里，与她感情很深，长期互有往来。同是翻身妇女，我们都对党和新中国充满感情，她还为她的儿子取名为党生。一年前，我初次患麻疹，发着高烧，病得很重，住院十多天，走路还晃晃悠悠的时候，区领导就通知我带工作组到林屯下乡，所以这次麻疹没有完全好透。在洋后期间，我第二次患麻疹，高烧不退。我的未婚夫吴美焕得知后，把我从洋后接回城关治疗，一个星期后总算痊愈，便立刻返回工作。1956年4月，我从城关区被调到铁山区（四区）任区委宣传委员，接任我丈夫吴美焕的职务，他同期被调到县委党训班任副主任。当时铁山区委书记是刘鸿达同志，区长是张治钦同志。我被分配到铁山乡当工作组组长，带领几个组员，深入各个自然村，到田间地头参加劳动，发动群众搞好互助合作，由互助组升到初级社、高级社。在铁山高级社社长魏满仲的领导下，我们积极推广种植双季稻，获得增产增收，铁山高级社在全县甚至在全闽北都出了名。社长也因此被评为全国第四届劳动模范并出席表彰会，在会上介绍了工作经验，我对我们的工作成效也感到无比高兴和自豪。

五、下放长际老区

　　为了改变革命老区的落后面貌，组织上开了动员会并决定派我到离铁山60多里的长际乡任党支部书记，同时派老游击队员、曾任铁山区区长的吴妹同志任乡长。1949年前，长际乡包括九蓬、樟口都是革命老区，共产党领导下的游击队早期就在那一带活动，全乡1000多人口中就有50多名老党员，群众基础很扎实。但也正因为老党员多且资格都很老，以往派去的党支部书记及工作组因工作方法不当，无法打开局面，工作难以开展。据说有一次，县区派一个由城关区委委员王英明、县妇联副主任张正诗同志等18人组成的工作组到长际乡解决群众纠纷，但由于缺乏沟通，工作作风过于简单粗暴，工作组长王英明就被群众关了起来。县区派领导去做了很多工作，群众才把王英明同志放了。

　　我深知自己年轻，缺乏工作经验，到长际乡就任后就自觉深入访贫问苦，虚心向老干部、老党员学习，询求他们指方向、教方法，针对工作从哪里入手和需要解决什么困难、问题等问题征求他们的意见。我充分肯定老干部、老党员为革命所做的贡献，同时也要求老干部、老党员要遵照毛主席的教导，继续发扬革命传统，争取更大光荣，一起把乡里的事情办好。通过耐心细致的沟通工作，全乡的工作和县、区保持步调一致，且在某些方面还成为全县的模范。1958年，时值全国如火如荼的大炼钢铁运动，又遇鹰厦铁路开工建设，地县各级号召全力支援这个工程的建设。长际乡的党员干部都深入群众做发动工作，人民群众也积极报名，投身到铁路建设一线。群众参加铁路建设的热情，又鼓舞了在家生产的乡亲。乡亲们在搞好农业生产的同时，还积极支援大炼钢铁运动，发挥长际林区优势，承担烧木炭任务，源源不断地给红专钢铁厂运送木炭，钢铁厂还专门给长际乡送来感谢信和锦旗。1958年末，在全县三级扩干会的全年工作总结表彰中，长际乡获一等奖，被评为先进单位，支部被评为先进党支部，还受到地、县其他多项表彰。

我被派到长际乡任党支部书记，是1958年5月初，也是我分娩了第一个孩子子华不到两个月的时候。在过去那个年代，女同志产假只有56天，一天也不能多。我接到产后要下放任职的命令后，须尽快给孩子找到奶妈。值得庆幸的是，胜利街上我的堂姨妈谢雪凤能帮上忙。雪凤姨妈是我母亲娘家的堂妹，她嫁到城关胜利街严家，生了4个男孩。由于我姨夫体弱，难以抚养这么一大群孩子，就把刚出生的第四个儿子送给建瓯人为养子。就在这个节骨眼上，我将子华托付给她，吃她的奶水，由她帮助抚养。

我把儿子安顿给奶妈后，第二天就背起背包、带着日用品，独自一人从铁山徒步到南路的樟口。在去樟口的路上，遇到一场大雨，我浑身上下及背包都被淋湿了。长际乡派了个通讯员到樟口接我，我们在樟口吃了午饭。饭后，通讯员挑起我的行李，一起向长际跋涉。到长际要经过小绍、后半山、范厝林等几个自然村。从樟口开始道路就变得崎岖狭窄，且一路都是峻岭陡坡和浓荫蔽日的原始森林。森林里猴子很多，途中我们遇到一个近百只的猴群，它们相互嬉闹打斗、上蹿下跳，有时还拦着路人不让前行。林中还有很多白鹇、猫头鹰等各种鸟类。鸟兽的叫声成了原始森林中浑然天成的交响乐。与我同行的通讯员告诉我，猴子、山猪等野兽除了掠食各类野果外，也会糟蹋村民的玉米、地瓜等庄稼，严重时还会导致有种无收，成了百姓的祸患。我对长际周边的自然环境也有深刻的体会：这个深山老林确实是革命前辈打游击战的好地方！

给长子断奶前几十天，因我奶水多，乳腺胀痛得厉害。夜里乳汁不仅湿透了衣裳，还浸湿了床铺，我深刻地领教了断奶的痛苦。因产后身体恢复得不是很好，加之徒步去长际的劳累，更因路上全身被大雨淋湿，几天后我便感冒发烧，全身无力。在那落后的山村，无医无药，一个多月后借着到县城参加党支部书记会议的机会，我才得以就诊服药。我当时请了政和最有名的中医刘远霖医师诊治。刘先生说："你这是患了产后病，病情蛮重。我给你开三副中药，但愿服后就会好，不行还得再来就诊。"我回到长际服了这三副药，身体慢慢好了，接着继续投入紧张的工作。

1958年下半年，中央号召全国贯彻总路线，搞"大跃进"，开展人民公社化运动。11月，我被调离长际乡，到红专公社（原城关区）任妇联会主任，当时公社书记是吴东攀同志。1959年2月，组织上又通知我改任公社党委宣传部部长，当时公社党委书记是范义铭同志。1960年2月，松溪、政和合并为松政县，我被任命为熊山公社党委副书记，分管宣传、畜牧业工作。当时公社党委书记是刘玉秀同志（原县委财贸部部长）。我分管畜牧业工作的重点，是管理城关胜利街上一个试办的养猪场。县委财贸部还曾在部长曹英山同志的带领下，组织各公社分管畜牧业的领导和专业队伍，赴闽南龙溪地区的龙海和长泰学习发展、管理畜牧业的先进经验。

我回到城关工作后，虽然没时间和精力照顾孩子，但有机会就抽空去看望孩子。我姨妈的孩子们，也就是子华奶妈家的哥哥们，每次见到我，都会带着子华高兴地喊："俺姐来了，俺姐来了！"久而久之，子华也就跟着他们亲切而自然地称呼我为"俺姐"而不是"妈妈"，后来我所有的孩子也都跟着子华叫我"俺姐"。对这个称呼，我习以为常，极感亲切；机关同事和乡下亲友们也都见怪不怪，不觉得有歧义。倒是儿女们长大后屡次建议改叫"妈妈"，却都因叫不习惯而改不了口。后来，还是子华参军多年后，于1980年春节第一次回家探亲时，硬着头皮带头叫我"妈妈"，才终于还原了称呼上的"辈分"。

子华的奶妈为人贤惠、慈善、厚道、耐心，乳汁也多，一直把子华带到两岁半。子华和他奶妈及几个哥哥的感情很深，在他两岁多时，我和美焕偶尔有空接子华到机关宿舍相聚，晚上想留他一起过夜，但他无论如何都要回奶妈家，甚至自己打着小伞冒雨都闹着要回奶妈家。子华两岁半时，我们决定将他和老二子龙一同送到高林，让我母亲及弟弟、弟媳帮助抚养。子华不愿离开奶妈，又因为上高林的山路骑不了自行车，是美焕用自行车先骑后推，最后总算把他哄到高林外婆家了。他虽离开奶妈，但始终都忘不了在城关胜利街的奶妈家。从小到

2014 年，子华奶妈来我们的居所相聚

大，子华只要到政和城关，总是爱往奶妈家里跑；无论岁月如
何流逝，他始终都把奶妈当亲娘孝敬。虽因工作远离家乡，但
他每年至少要回去看望一次奶妈。也因此，我们两家经常互相
走动，从未间断联系。

六、走过艰难困苦

1954 年 10 月，我被调离家乡，成为全脱产的国家干部。
同年下半年，我开始与曾经一起工作的吴美焕同志建立恋爱关
系。美焕早期曾被派到高林乡公所任民政干事，那时我们两人
虽然相识，但只在工作上有联系。他在铁山区委工作期间，我
在高林乡任党支部书记。在上下工作往来中，虽互有好感并暗

存爱恋，但仍保持正常的工作关系。在高林任党支部书记期间，我去区里开会，他都会在会后给我多发些文件和学习资料，以帮助我增长知识、提高工作水平。后来我们经常通信，在工作和学习上加强沟通。他若是在我写给他的信中发现错别字，就会改好后连同新写的回信寄给我，及时帮助我提高读写能力。我们两人开始相恋时，没有托人为媒，没有贵重聘礼，也没有山盟海誓的诺言，只有在政治上互相关心，精神上相互鼓励，工作上共促上进。我们的婚礼非常简朴。1956年春节前的农历腊月二十九日下午，我由城关区通讯员护送到他在铁山区公所的工作所在地。我到达时，他还在上班，什么都没准备，连结婚的被子都还是我自己备的。他的表兄李选有送来新买的两个枕头作为贺礼。他家里送来一竹筒红酒和几斤猪肉，在区公所食堂炒了几个菜，大家吃喝热闹了一下。当天晚上，在铁山区主持工作的副书记王来心当证婚人，给我们开了个小型新婚座谈会，就算办完喜事。第二天除夕我俩回大红公婆家过年，然后回高林娘家拜见娘家亲人，正月初三就一起回县城参加全县三级（县、区、乡）扩干会。

婚后我们体会到，生孩子很容易，抚养、教育好孩子却是大事、难事。1958年农历正月二十五日子时，我生下长子子华。由于没有住房，我们寄居在胜利街美焕的堂叔吴德基家里，我婆婆来照料我坐月子。大红家里送来6只鸡，连同高林和其他亲戚送来的共有十几只。那时，根据习俗，对待来上门贺喜的人，我们都要用"鸡酒"（红酒炖鸡）和线面招待。我自己吃的鸡汤里兑水很多，味道很淡，真正吃进去的并不多。

我分娩后食欲差、饭量小，身体逐渐消瘦，但乳汁却非常多，子华断奶后近一个月我还在溢奶。子华满月后的第二天，他患了重感冒并引发肺炎，高烧不退，哮喘得很厉害，闭着眼睛不会吸奶，病情危重。我抱着儿子到医院门诊请西医诊疗，医生表示无能为力，让我赶快去办理住院手续。我赶紧叫美焕去找名中医刘远霖先生。刘先生因历史问题，在江西会馆接受肃反训练班学习教育。说来也巧，美焕赶到刘先生诊所时，他正好从学习班回来，于是立即请他到家里为小孩看诊。刘先生诊后开了一副中药并交代："这剂药炖两次，分两次服用，有效就行，无效还要再开药方。"小孩服下那剂药后，效果非常显著，只过了二十几分钟，小眼睛就慢慢睁开，烧退气顺，然后就会吸奶了。下午两点，我要给孩子喂第二次药汤时，刘先生再次上门复诊。看到疗效后，他告诉我，服完第二次就无须再服药了。刘先生的救命之恩，我们全家始终念念不忘。我婚后从1958年至1960年，三年接连生了三个男孩：1958年农历正月二十五生子华，1959年农历八月初六子龙出生，1960年农历十一月初六吴海出生。由于当时缺乏计生措施，我到1962年发现又怀了第四胎。这几年恰逢三年困难时期，加上工作劳累，我的身体受到很大损害。1959年，我在林屯乡工作期间，一天下午从县里开会回到林屯途中，我险些丧命。那时到林屯需乘竹筏过河，因当天暴雨引发洪水，水流湍急，我所乘的竹筏快抵达岸边时突然掀翻，我跌落河里，所幸被干部张茂圭及时救起，免遭洪水冲走。1960年底，第三个男孩出生，生活更加艰难。那时家里没有粮食酿酒，市场上又买不到家酿酒，美焕找到县国营酒厂的叶传波厂长，叶厂长给我们特批了一坛50斤的红酒。喝了这红酒后第七天，我开始胃痛，等这坛红酒喝完，发现酒坛底部是厚厚的石灰，倒出来足有一大盆。在红酒中加少许石灰是当时酒厂为了防止红曲米酒变酸的传统方法，但在酒坛中加那么多的石灰，猜测是饥荒中有工人偷酒充饥又以石灰填坛，而让我这个坐月子的人喝了石灰泡酒，对身体的危害可想而知。我胃酸胃痛，百病上身，人也骨瘦如柴，体重只剩下74斤，体力不支，只得住院治疗。当时正处国家困难时期，粮油供应也很有限，难以为孕产妇增加营养，每个孕产妇只能领两斤红糖、一斤龙眼、两只鸡，别的就什么也没有了，要想坐好月子显然不可能。在困难时期养孩子也很艰难，我的二儿子子龙寄养在梅坡保姆家差点夭折，二叔子美煊去探望他，回来便敦促我们立刻将子龙带回；三儿子吴海出了产房就让奶妈抱走。

到了1962年，我怀上第四胎时，我坚决不想再生了。当时，美焕在县国营造纸厂任书记，党政一肩挑，工作很忙；我又担任熊山区委副书记，担子也很重，加上我的身体本来就不好，所以我下决心要打胎，做流产手术。于是，我和美焕找县医院，咨询做流产手术的意见。医院方面说，你身体不好，现在医院还没做过流产手术，技术保障条件也差，如果一定要做也得请示领导。于是，县医院吴保民院长和外科任福民医生就应约来到县委常委、熊山区委刘玉秀书记办公室当面汇报讨论。为慎重起见，刘玉秀书记还请正在政和挂点的松政县委副书记任玉林、县卫生局局长冯学志来一起商谈此事。当县领导征求医院医生的意见时，任医生说："何副书记身体比较差，我们在人流方面的经验也少。所以，流产可以，孩子可以拿掉，但大人的身体不敢保证。"据此，领导们的意见倾向于不能让我做人工流产。任副书记和刘书记都是北方人性格，说话直截了当。美焕因表示尊重我的意见，被他们严厉批了一顿。后来，他们严肃地对我说："你要是做人流把身体做坏了，不要说想做好工作，可能连正常办公都困难了。"他们甚至还说："女同志不生孩子做什么？"最后两位书记拍板："让这个生下来，以后再说。"就这样，我的第四胎只能生下来了。

1962年，为了兼顾工作和家庭，我爱人美焕从国营造纸厂调回铁山区工作，我也向组织要求把我一起调回铁山区。我们夫妻两人都如愿先后调回铁山区，美焕任副区长，我任区委委员、区妇联会主任。到任不久，我就被派到高林乡工作组。当时高林乡党支部书记是陈新春，我弟弟何德仲虽是半脱产干部，但实际上全脱产驻乡主政。我在娘家边工作边做孩子出生的准备。母亲替我酿了酒、养了鸡。我住在高林村部，村部有食堂，吃住都方便。临产了，我们用当地土法接生，顺利地产下了第四胎，是个女孩。美焕那时正在松政县（县城在松溪）参加全县分管粮食区长会议。接到电话后，他就马不停蹄从松溪经茶坪沿山路直奔高林。这胎喜得梦寐以求的女儿，他总算如愿以偿，非常高兴。女儿出生时适逢国庆，因此取名叫庆玲。我这次在高林坐月子，56天产假都在高林度过，吃的都是自酿米酒、家养禽畜、山珍水鲜，还第一次吃到鹿茸炖鸡的稀罕补汤。经我母亲全程照顾，这个月子调理得很好，身体得以恢复。

　　四个孩子相继出生后，我们的生活变得极度困难。我们雇了三个保姆，付每个保姆每个月16元佣金。当时我每月工资41元，美焕工资53元，两人工资加起来每个月也只有94元。我公公在大红维持一大家子的生活很困难，每个月发薪也得留下几十元。生活上的各项开支使得我俩面临巨大的经济压力，常常感到入不敷出。1960年婆婆去世，三叔子美煊因肝病住院，我们到处借款，债台高筑。最后，美焕把他唯一值钱的呢子大衣以60元的价格变卖还债。1963年初，我被安排在区委所在地的铁山乡参加工作组。我们白天要深入余坑、李屯洋、黄元仔等自然村检查生产，甚至要到田间、山场巡查，参加劳动，晚上要到有关生产队组织社员学习、开会，听取社员的意见和生产、生活中遇到的困难并一起讨论解决办法。大家无话不谈，相处得很是融洽。几个月后，我被派到凤林、罗家地两个乡参加工作组。由于我女儿还在吃奶，我请保姆把她带在身边照顾以便哺乳。女儿断奶后，我们就把她送到高林由堂弟媳刘彩玉抚养，每个月付她抚养费。孩子们安置好了，从此我也能专心工作了，但由于高林山高路远，交通不便，我对孩子们的健康还是时有担忧。每每在这个时候，母亲总告诉我："是孩子都会长大。"孩子们的适应能力的确比较强，他们情绪稳定，很享受山村生活，古林村的每个地方都是他们快乐玩耍的场所。闲暇时他们跟着大人上山打柴采野果，下地收获农作物，古林的每一寸土地都留下了他们兄妹的足迹。孩子们偶尔感冒头疼了，还会自己采摘外婆教给他们的几样对症的中草药，解决身体不适。这样的生活也培养了他们吃苦耐劳的作风和独立的性格。由于我们夫妻俩忙于工作，一年中很少有闲暇的时候，只有在春节的几天假期里一家人才能相聚。这一刻就是父母和儿女最快乐的时光。每年春节假期结束，孩子们总是舍不得我们离开，他们在路上送了一程又一程。看着依依不舍的他们的稚嫩的脸，我们也是万般无奈和不舍。在有些节假日，孩子们在大哥的带领下，不畏艰难地在山路跋涉，相约去铁山看望我，也顺路到大红看看爷爷。由于我当时经常下乡，母子相处的时间也极为有限。但即便只是短暂的逗留，也足以慰藉我们母子相念的心。下山到铁山相对容易，然而回高林则一路上坡，令人疲惫。老大子华当时 10 岁，老二子龙 9 岁，老三吴海 8 岁。6 岁的女儿一开始还能由兄长牵着手走，但到了爬坡时就渐渐体力不支，于是老大和老二轮流背着她前行，老三则负责背着几个人的衣服和路上吃的东西。到家时，哥哥们都筋疲力尽。虽然累得够呛，哥哥们嘴上说下次不带妹妹去，但每次依然带着她并且一路细心陪伴。他们就这样从小互相照顾，长大了遇事也商量着解决。

1964 年，我被派到外屯、湖屯乡参加工作组。当时外屯乡书记是

子华携子龙登山跋涉回高林外婆家

我的四个孩子在高林共度童年

刘国镜同志，乡长是许祖香同志；湖屯乡书记是叶仁基同志，乡长是何仕华同志。我在湖屯工作期间，当地生产、生活很落后，粮食生产难以发展，粮食存量很紧张，不仅人吃不饱，牲畜、动物也挨饿。在夜里，老鼠会爬上床咬人。有一次，我的手被老鼠咬了，我奋力将手往外甩，老鼠被甩到地上时发出吱吱的尖叫声，我的手也被咬出了血。那时没想到要打疫苗，也没条件打，现在想起来还觉得很可怕。在溪头村工作时，那里的跳蚤特别多，夜里我们被跳蚤咬得没法睡。这些现象在当时还是很普遍的。不久之后，国家就号召开展全民参与的爱国卫生运动，消灭"四害"，即灭除老鼠、苍蝇、蚊子、麻雀（当时麻雀也到处都是），以促进生产、保证人民身体健康。

1965年，我转到西坑乡工作。该乡有上村、下村、后源、水尾4个自然村。当时的乡干部有吴远红、夏广生两位同志，妇联主任是夏树兰同志。在西坑，我住在乡政府办公处。何姓的上村和余姓的下村之间，群众素有颇多纠纷，很不团结。我当时的主要任务就是调解他们之间的矛盾，促进上、下村的团结，使他们齐心协力投入社会主义建设。对于解决纠纷，我能带着同理心做深入的思想工作，因而大部分解决方法都能令大家满意，我在这些乡村的工作进展很顺利。

七、经历动荡岁月

1966年上半年，政治形势还算平稳，农村工作需要调动群众积极性，发展农业生产。5月，中央"文革"小组成立，发出《中国共产党中央委员会通知》后，城市展开了轰轰烈烈的"文化大革命"运动，对农村也产生了很大的影响。1966年8月，全国掀起了学生大串联运动，工厂停工，学校停课，红卫兵到处揪斗"走资派"，县里党政机关也处于瘫痪状态。受全国大环境的影响，部分农村青年也到大城市去串联。1966年秋冬，红卫兵、造反派到处组织游行，揪斗"走资派"，乡镇街道都贴满了大字报，一些有历史问题的人也被列为揪斗对象。

政和县妇联干部合影（我在前排中央）

区里造反派就轮流日夜看守几个"走资派"，生怕出问题。好心的同志们怕我这个被列为"走资派"的人会想不开，就宽慰我说："你没事，不要担心，保重身体重要。"我这个区委委员、区妇联主任被列为"走资派"的理由是，我在区委会里讲话很算数，知道的东西多，却不揭发区委书记陈君翼，充当"保皇派"。区里几个造反派到铁山村贴出海报，通知某日要批斗"走资派"何德凤。群众看到海报上是我的名字，批斗当天会场空空如也，没有一个群众参加。那几个造反派暴跳如雷，大骂铁山村的造反派头目没用。

我曾在城关区林屯片当过工作组大组组长。有一天，林屯的造反派也送来海报，勒令我去林屯交代坦白。铁山区几个造反派头目很高兴，认为我这次被揪去必定会被斗倒。区里好几个造反派跟去林屯看热闹，收集批斗我的材料。我步行到林屯时，许多群众都已聚集在那里。有的群众就说："老何是好干部。老何来了，你们造反派有事就好好讲，不能像对待其他人那样让她戴高帽、挂重牌。"群众中有人提出："我们不想斗老何，只是我们林屯粮食征购任务太重，请你签个字，让我们林屯减购20万斤。签完字你就可以回去了。"我对他们说："林屯是重点产粮区，你们为国家做出了很大贡献，今后还要继续做贡献。你们要减购粮食，必须写报告经上级批准，我个人没有这个权力。请你们谅解！"大多数群众在讨论后，赞同了我的意见。林屯的造反派也不再难为我。接着，有一个乡干部请我到他家吃了午饭。他家里人煮鸡蛋、热红酒招待我，说我走了这么远的路辛苦了，让我要吃饱。铁山区跟来的几个造反派无人支持，一无所获，大失所望，灰溜溜地回去了。

有一次，凤林乡一批造反派到区里勒令我去交代问题。我到凤林后，看见在会场里被批斗的是凤林公社社长周传禄同志。"打倒周传禄"的口号声响彻会场。造反派要我表态、签字，开除周传禄的党籍。我对他们说："如果周传禄犯了什么严重错误，你们要整理材料上报上级党组织，经组织派人调查核实，集体研究决定下文才有效。我个人签字开除他党籍是无效的。"他们听罢只好说："那叫你来没用，算是白叫了。辛苦你了，你回去吧！"我心里明白，我自参加工作起，没有做过任何不利于党组织和人民群众的事，因此，即便是在这样的时刻，我的心依旧是坦然的。

八、任职卫生单位

"文化大革命"进入大联合以后，各级成立了"三结合"，即领导干部、军代表和造反派代表结合的革命委员会。铁山公社由原江上乡书记张马炳同志担任革委会主任，铁山乡武装部部长吴天全同志任革委会副主任。公社直属各单位成立革命领导小组，我被任命为铁山公社卫生院革命领导小组组长。

卫生部门的主要职责是为广大患者解除病痛、治病救人。铁山卫生院是中心卫生院，管辖范围广，涉及人口众多。1969年间，全区麻疹大暴发，到医院求诊的患者人满为患，医务人员紧缺，经常束手无策。情急之中，我就去县卫生局找冯学志局长，要求把原县医院被下放到东平碗厂村劳动改造、有着高超麻疹治疗医术的洪奎医生借给铁山卫生院救急。冯局长认真严肃地交代我："人借给你可以，但你要管好。他是被定性的历史反革命分子。"我当即保证一定把人管好。我之所以相信洪奎医生，是因为我了解他的高超医术。我的长子子华在一岁多时得了麻疹，当时他的麻疹郁积体内，疹子出不了，持续高烧，病情危急。当时我是林屯工作组大组长。我从乡下赶回来时，一开始让一位中医师来诊治，服了他开的几副中药后没有效果。子华的奶妈没日没夜抱着病危的孩子不敢松手，不到一个星期已把她折腾得疲惫不堪。后来我请洪奎医生给子华诊疗了两次，服了他开的药，很快，全身的麻疹就出来了。只见孩子的全身皮肤从头皮到脚板连片长疱，并冒出像豆腐泡一样的白色泡泡。泡泡慢慢消退后，皮肤复原，体温也渐渐降了下来，终于转危为安。洪奎医生也是子华的又一个救命恩人。我感叹神医的真功夫，感叹中医药到病除的神奇疗效，这民族瑰宝应该发扬光大。

　　洪奎医生原是国民党军医，1949年后成为县医院的一名人民医生，因医术高且表现好，群众点名找他看病的特别多，导致医生群体里的某些人嫉妒他。"文化大革命"开始后，这些人就借机翻他的历史旧账，结果他就被下放到东平公社碗厂村接受劳动改造。洪奎医生被我借到铁山卫生院后，他不分白天黑夜地诊治麻疹病人。他不仅诊治卫生院内的患者，还挨家巡诊暂住在铁山村亲友家中的患者；不仅诊治铁山辖区的麻疹患者，还诊治来自全县其他地方的患者，甚至浙江邻县有患者慕名而来。由于洪奎医生的麻疹医术全县闻名，所以连县城的、甚至已在县医院住院的麻疹患者都到铁山来找他诊治。洪奎医生在铁山卫生院治疗麻疹的成果，也带动了铁山卫生院在医疗卫生事业上取得诸多可观的成就。洪奎医生有着精湛的医术和崇高的医德，他在20世纪70年代末落实政策后还被选为县政协委员。

1970年，省卫生厅组织了一支由很多医学专家、高级医生、教授组成的医疗队到铁山公社开展巡回医疗活动。他们对铁山卫生院开展的医疗卫生工作成果给予高度评价。也正是这支医疗队中的一位老中医，用一剂简单的偏方解决了困扰我多年的慢性肾盂肾炎急性发作。直到现在，此方仍惠及我本人及亲人、熟人和朋友。我三儿子吴海在部队医院的战友孟双锁医生，只要有机会就推荐病人使用这个偏方，并基于此方在《人民军医》杂志上发表了一篇论文。

九、服从调动，赴任镇前

我从熊山区委副书记任上调到铁山，先后任区妇联会主任、公社卫生院革命领导小组组长，一晃就是12年之久。1974年2月，组织上为了解决我们夫妻两人长期分居的问题，决定将我从铁山卫生院调到镇前公社任革委会副主任，工作地点距我丈夫美焕工作的杨源公社20公里。其实我心里明白，我当时虚弱的身体不适合去寒冷的镇前。在调动前，县革委会组织组组长张永达同志征求我爱人吴美焕意见。他说："为了照顾你们，解决你们夫妻长期两地分居的问题，县里打算把你爱人何德凤调到镇前公社任革委会副主任。" 美焕说："德凤身体不好，如果把她调到高山区镇前，她身体适应不了，对工作也不利。"张组长回答说："那怎么办？生米已成熟饭，组织已研究决定，任命书都发出去了。"我心里虽然很矛盾，但还是服从了组织上的决定，到了镇前公社。当时我的二儿子吴子龙和三儿子吴海正读初中，只得随我到镇前中学就读。其间他们既要上学，还要负责家务事。平时不是我照顾他们，而是他们照顾我。

镇前公社当时的党委书记兼革委会主任是陈孙寿同志，副书记张明端同志，办公室主任张锡九同志（松政分县后升任县经委主任、县政协副主席）。党委分工，让我分管文教、卫生工作，同时挂点分管梨溪片农村工作，包括梨溪、牛迹洋等大队。我大部分时间得下乡促生产，抓农业生产的种、管、收，深入群众访贫问苦，为群众解决一些生产、生活中的实际困难。

由于对高山区气候环境不适应，我到镇前工作不久后就屡屡患病，长期头疼、频繁感冒发烧。久治不愈后，于1974年10月在爱人美焕的陪伴下，我到福州省立医院检查身体，被诊断为顽固性脑神经性头疼。其间我们去福州市红卫区医院探望在那里住院的县委副书记池云宝。交谈、了解了我的情况后，池副书记就决定："老何，你就不要回去了。这里中医、针灸都很好，你就在这医院住下来治疗。"于是临时决定让美焕赶回去办相关手续，我就住在红卫区医院接受治疗。根据我的病情，医院除了采用中药治疗外，主要使用针灸疗法。医院有个姓赵的老中医针灸手法十分神奇，技术非常娴熟，扎得也特别快，如同插秧一般，让我体会到我国传统医学的奇妙。经过3个月的服药和针灸结合治疗，我的病情有了明显的好转，于是就回到镇前投入工作。

十、转岗医院，勇挑重担

松（溪）政（和）分县后的1975年4月，县委下调令把我从镇前公社调到县人民医院担任革委会副主任兼党支部副书记，主持医院的日常和党务工作。当时医院革委会主任是张正发同志，副主任有姜进财同志和因长期患病而脱离工作的陈庆山同志。

20世纪70年代初，省工农兵医院的一大批专家、教授由蓝玉福院长带队分流到政和县医院。他们的到来，无论是在医疗队伍的规模上还是在技术力量上，都极大地改善了政和县乃至周边其他县区人民的就医条件。在我到任时，县医院的医务人员总数达200多人，医院业务科室设置齐全，医务人员配备充足，真可谓兵强马壮、人才济济。当时的主要技术力量有：内科何桂英（女）、林清河，外科杨桂华（女），妇产科马炎辉、胡丽玲（女），五官科易自翔、袁清桂（女）、郑依浦，口腔科陈乃俊、顾美君（女），皮肤科张为武、林仰卿（女），放射科林登超，中医科许清河、谢天希，药师王德华等。这些人后来大多成为省内外知名的医学界专家、教授或学术权威。我在任时，1976年初县医院制药厂成立，王德华任厂长，招录了20多名职工，研制了一批医治蛇伤的特效药和日

2008年，我与医院年轻一代班子及骨干们合影（我在前排右三）

常用量大的常规药剂等。

　　省工农兵医院的分流，是政和人民之福，不仅人民的健康水平得到了普遍改善和提高，而且使许多久治不愈的疑难杂症患者得到解脱。铁山公社大红村妇女何秀玉，因分娩时土法接生导致尿道破裂且与产道相通，长期失禁，不敢离家半步。她婆婆到处求医、求神拜佛以期康复，却无任何缓解，被病痛活活折磨了十多年。1976年我回娘家高林，听到何秀玉娘家人说起她的病，回城后我就把我所了解的情况告诉妇科马炎辉、胡丽玲医生。马医生说能治，可通知她来住院治疗。马医生为何秀玉做了尿道、产道修补术。何秀玉仅住院5天，花费各项费用共40元钱，就摆脱了病痛，后来活到近90岁。包括松溪、建阳、建瓯、周宁、屏南，浙江的庆元、龙泉等邻县的患者都慕名前来政和求医。有一位20多岁的天津青年，在"文化大革命"的武斗中咽喉部被打伤，食管破裂，发音受阻，不能说话。他曾到北京、上海等全国各大医院求治均未果。途经政和，他听人夸奖政和医院的医术，便带着试试看的心理到政和医院就诊，被易自翔医生治好了。他在医院的宣传栏上张贴了大红感谢信，给医院各科室、各办公室分送了很多糖果，以表达高兴和感激之情。

这些专家、教授们到来后，不仅诚诚恳恳地治病救人，还孜孜不倦地培养医疗人才。他们不仅为本院各科室带出高徒，还为建阳地区卫校开办了医生班、护士班，为本县培养了大批的卫生院中西医生、大队赤脚医生和放射、化验等基层医技人员。直到他们离开政和回到省城后的近40年间，他们培养的医疗人才都在政和的大小医疗机构发挥着光和热。

政和县医院在医务力量大大增强和医疗水平大大提高的同时，住宿和工作条件也亟待改善。县委、县政府很重视，把旧人委会宿舍和县委党校腾出来作为医院的宿舍和办公地点。后

我与医院老同事们相聚，倍感亲切

来县医院新建了一座两层的办公楼，外科住院部位于原两层加建的第三层，新建了一座单层的制药厂，还在土地征用上得到县良种场（美焕时任良种场革委会主任）的全力支持，建了两座三层的宿舍楼。即便如此，医院的办公条件还是没有从根本上得到改善。易自翔医生的科研室就挤在住院部楼梯下不足3平方米的地方。那时他们的工作和生活都很艰苦，但他们始终兢兢业业，从不计较个人得失，努力适应艰苦的工作和生活条件，以敬业精神和精湛的医术让大家从心底敬佩。他们对待工作和生活的态度，也直接影响了我的子女。虽然他们中还在世的越来越少，但直到现在我的子女们只要有机会就会代我去省城看望他们。他们对患者的热忱和平易近人的作风给政和人民留下了不可磨灭的印象。2017年10月13日，易自翔教授作为

2012年我们与易自翔（第一排左三）、陈乃俊（第一排左二）、唐守滦医生（第二排左二）、他们的夫人及张贞耀医生（第二排左三）合影

福建医科大学附属第一医院耳鼻咽喉科教授、主任医师、研究生导师、福建省杰出科技人员、终身成就获得者到厦门参加学术会议期间，抽空到我家看望我们。当我们希望他能忙里偷闲在我家住上几天时，他高兴地在我们客房的床铺上装模作样地躺了一会儿，嬉笑着对我们说："这不就算住过啦！"那次，他还将新编印出版的个人传记《医海浮沉的苦乐生涯》一书题字"美焕老弟、德凤贤妹惠存"后送给我们。但令人痛心的是，一年多后就传来了噩耗：易医生因病医治无效，于2019年2月9日不幸逝世，享年90岁。我和家人忆起易医生时都感慨道：一生行善事，千古留芳名，易医生永远活在我们心中！

1977年全国恢复高考。从1978年开始，省高教厅要求把从福建医学院抽调组成省工农兵医院的部分教授、讲师们陆续调回医学院，以填补恢复高考后院校高、中级教师队伍的巨大缺口。来自工农兵医院的这些医务工作者在七八年里用真诚的爱心和精湛的医术赢得了政和人民群众的信赖和爱戴，政和的人民群众都舍不得他们离开。这些专家都具备崇高的思想品德和深厚的专业水平及丰富的实践经验，且积极参与和引领政和县的爱国卫生运动，帮助政和县的卫生工作走在全区乃至全省的前列，县委、县政府的领导舍不得放走他们。我虽然文化水平不高，但我尊重知识，尊重人才，更尊重高级知识分子。我相信，如果把他们放在更重要的省级医疗科研岗位，他们会为人民、为国家做出更大的贡献。我心里清楚，政和无法提供专家们所需要的研究条件。虽然，他们留在政和肯定有助于政和人民健康水平的改善和提高，但若是拥有更优越的研究条件和

119

更完善的学术交流平台，他们一定会为全省，甚至为国家做出更多、更大的贡献。所以我支持并积极创造条件让专家们顺利返回省城。

初到医院时，我自己也很纠结：我一个没进过学堂、文化水平有限且不懂医务的人到了这个高级知识分子成堆的县医院，怎么能领导专家、教授们呢？在一次领导班子、党支部扩大会上，当我表达了自己的顾虑时，这些业务骨干们却说："你虽然是个工农干部，但你尊重知识，尊重我们医护人员，会用人、善用人，能及时帮我们解决工作和生活上遇到的困难，也能耐心细致地做好政治思想工作和后勤保障服务工作。我们没了后顾之忧，便会想方设法完成好医疗工作任务，专业方面的事你就不必担心了。"听了他们的话，我非常感动，同

1978年欢送下放到政和医院的专家们调回省城时合影（我在第二排中间，左十五）

时也找到了在医院扎实开展工作的信心和勇气。在实际工作中，我经常深入各科室，了解医护人员遇到的困难，并督促办公室、总务科等相关部门及时予以解决。除保障各科室水电（那时经常断电断水）、医疗器械、医疗耗材、办公用品等的日常供给外，行政后勤人员还被要求确保夜间值班、急诊手术、临时加班的医生、护士能喝上热水，吃上热点心。在医院的几年间，干部和群众的和谐关系、良好的医患关系、行政管理与医务工作的密切配合及工作的有序、有效开展，是对我的工作的最好肯定。

十一、转行文教，主持工作

1979年3月，县委决定将我从县医院调到县文教局任副局长，主持工作。从医疗卫生系统到文化教育系统的跨越，确实让我感到巨大的压力，甚至觉得难以承受，但我依然对组织的决定无条件服从。在文教局期间，局长丁福庚被县委抽调常年下乡，局里工作由我主持。教育系统队伍庞大，人员众多，管理工作任务繁重。全系统教职人员1000多人，分布在全县12所中学、130多所小学及教师进修学校里。每学年结束，要求调整、调动的人很多：外来教师要求调回原籍，乡村教师要求调到公社或县城等。这些情况都需要经过细致的调查、了解，听取各方的要求与意见。对调查的结果需反复地比照、平衡，然后列出调整名单进行集体研究，再将研究结果上报宣传部和人事部门审核批准，工作量非常大。此外，代课和民办教师要求转正、"文革"期间被清退的教师要求复职等问题都非常棘手。那段时间，加班成了常态，但在领导和系统干部的关心支持、团结配合下，我在文教局的工作上手得很快，各项工作有序开展，顺利推进。

1980年4月，根据教育和文化事业的发展需要，文化工作与教育工作分离，分别单独设置县教育局和县文化局，我被任命为县文化局副局长，仍然主持工作。这期间，正值改革开放初期，"文革"后的许多文化工作都处在恢复、重组或新组建职能机构状态，当时政和县的工作进度在全区文化系统内是较滞后的。文化系统下属单位有文化馆、新华书店、图书馆、广播站、电影院、电影公司放映队、越剧团、各公社文化站等，站点多且分布广，工作的跨度和难度也非常大。我在调查研究的基础上理清工作思路，基于实际情况和领导的要求，着手解决系统的关键任务。

一是兴建电影院。政和县城原来只有一个建于1958年、仅800座的电影院，规模太小，无法满足群众的需求。县委经研究决定新建一座电影院，将原电影院改为影剧院，座位扩建至1000座。县里决定后，我们就同时推进扩建影剧院和新建电影院的设计、上报工作。随后，我亲自上地区文化局、省文化厅汇报工作，提出困难、问题、计划及工作思路，请求拨款支持。1981年，省文化厅下拨30万元，我们随即开始筹建东门电影院。4月23日，县长何马焕主持召开研究新建电影院实施方案的专题会议，副县长吴金华、计委主任吴东攀、建筑公司经理张陈江、电影公司经理胡万虎等同志参加会议。会议明确，新建电影院是领导重视、群众关心的一件大事，主体工程要在年底之前拿下。工程预算造价40万元，除省里下拨的30万元外，其余10万元由县里自筹，开工前拨付到位。会议还确定成立由吴东攀同志任组长、胡万虎同志任副组长的领导小组及工作班子。电影院建设工程于1981年9月10日动工，经过一年多上下齐心的努力，有1283个座位的东门电影院终于于1983年2月竣工。该电影院建成开张后，很快成为政和城关最热闹的文化娱乐中心，极大地丰富了县城广大群众的业余生活。

二是重新组建县越剧团。1958年，政和县曾组建过一个20多人的越剧团，"文化大革命"开始时就解散了。为满足人民群众在新时期的文化需求，将传统文化发扬光大，县领导研究决定重组县越剧团，并扩增编制，使之成为一个像模像样的地方剧团。文化局接到任务之后，立即组建越剧团领导班子，

演出结束时与演员们的合照（我在二排右六）

1984年我与政和县越剧团全体演职员合影（我在二排左六）

增强领导力量。越剧团围绕两项工作开始行动：一是对外招收越剧演员，二是组织编剧。一路人马被派往越剧的故乡浙江绍兴嵊州一带招收越剧演员，不到半年顺利地招收了36人，至1983年剧团人员增至59人。剧团重建后便给政和这个相对寂静的山城增添了一道亮丽的风景线：每天早晨，在革命烈士纪念碑周围（即现在的飞凤山公园），人们都能听到演员们练嗓的声音，看到演员们练功的身影。经过一段时间的编剧、训练和排演，剧团就在县影剧院进行了多场演出。后经地区文化局的协调，政和县越剧团开始在全区各县巡回演出，也到本县各乡、镇演出。演出结果得到各地观众和同行的好评和鼓励。1984年，为了参加全省文艺会演，县文化局剧作家熊元泉同志创作了一出名为《冷月照秦宫》的剧作。经剧团排练、试演，组织座谈会听取各方意见并反复修改后，此剧正式公演。该剧在全省文艺会演比赛上获得了多个奖项：剧本获优秀作品奖；剧组获表演奖第一名；演员金月萍、孙建莹获优秀演员奖。政和县越剧团首次在全省闻名。政和县也跻身为全区文化工作先进县。

三是重视县新华书店的业务工作。新华书店作为政和县的国有图书发行企业，承担着文化传播的重要职责，在促进地方科学、文学、历史等知识的普及和传播上发挥着重要作用，教材教辅的出版发行也发挥着提高教学质量、支持教育事业发展的重要作用。作为文化产业的一部分，图书销售对满足人民群众的精神文化需求意义重大。在主持文化局工作期间，我在调研的基础上基于书店的现状和困难积极寻求解决方案，在人员和设备方面给予必要的支持，使书店的发展有长足的进步。

1983年5月，我在干部"四化"即革命化、年轻化、知识化、专业化的浪潮中，主动要求退到二线，组织上研究后决定

1982年县图书发行会议合影（我在一排左四）

将我调至县委纪律检查委员会担任办公室副主任（副科级）。纪委书记先后由詹紫鑑、许正荣同志担任，副书记为魏德平同志。张振津、张银廉同志分别担任案审科和纪检科科长。我主要负责办公室内务和精神文明建设工作。换了新岗位，劳动妇女出身的我仍然保持着勤奋和吃苦耐劳的本色，我的工作得到各方的肯定。纪委被评为"文明单位"，我本人被县直机关党委评为"优秀共产党员"。

十二、申请病退，服务家庭

在我最好的年华，我尽心尽力服务社会，服务人民，无怨无悔。1984年，我51岁时，向县领导提出提前退休的请求。当时的县长吴金华劝我："你还能干，而且在各个不同的岗位上都能出色地完成任务，你提前退休对组织是个很大的损失啊。再说，提前退休，对你个人的待遇也是不利的。"我坦诚地向吴县长述说了我的苦衷。我确实尽职尽责地完成了上级交给我的各项任务，但随着年龄的增长和精力体力的衰退，我越来越觉得工作力不从心，年轻人也渐渐成长，能够接任我们的工作，应该让他们充分发挥聪明才智。至于个人待遇，我对目前所能享受的一切已经非常满足了。感谢党和国家，让我这个旧社会的童养媳如今能当上国家干部。再说，我的子女们也都先后当上了国家干部，走上各自的工作岗位，今后都有稳定的收入，我没有后顾之忧了。我就想趁现在尽绵薄之力，以弥补长期以来对子女们在家庭生活和情感上的亏欠。孩子们出生、断奶后，不是由奶妈、保姆带着，就是在高林娘家由我母亲、胞弟、弟媳和堂姑们代为养育，长期聚少离多，直至他们小学毕业进城读书。高中毕业后，他们先后去农村插队、参军或上学，匆匆地走上社会，离开父母。现在，他们按我们的要求先后回政和工作，我觉得此时应该尽量帮助他们解决家庭生活之忧，让他们在各自的工作、各自的岗位上可以全身心地投入工作，做出更好的成绩。所以我在家庭中仍能继续发挥作用。还有，虽然他们都回到了父母的身边，但他们也都到了成家的年龄。成家就得有房子，如果4个孩子都向所在的单位要求分房，无疑也是一件难事。正好现在的政策允许个人建房，我退休之后就可以帮忙尽快把房子建好。听了我的理由，吴金华县长对我的退休请求表示理解。于是我向医院开了疾病证明，于1985年7月被批准病退了。

退休后，我从以下几方面为家庭贡献了自己的余热。

（一）自力更生自建私房

1981年，美焕在离开县良种场去林业局工作之前就考虑过家庭住房紧张的问题，经政策允许，他申请批了一块地处青龙庄高坡处的地基，但直到1984年9月4日才动工建房。建房初期，我们两个人都在工作，且各自肩上的责任都很重，而建房的管理是很具体、细致的。美焕主要负责设计、采购建材、筹款等，而我主要负责一家大小的生活、工人吃饭、工间点心，既当采买又当厨师。因参加建房的工种多，有泥瓦工、木工、水电工、建材的运输工等，且这些工人的数量、工作时间时有变动，使我有时一天要跑三四趟菜市场购买食材，菜篮子装满就是一二十斤，走到坡头常常上气不接下气。我们建房缺钱，白手起家，不仅我们自己辛苦，孩子们也跟着受累。为了省钱，许多辅助工程我们都自己做，孩子们不仅利用工作之余参加劳动，甚至请他们的同学、同事帮助做些平整地基、挖墙基、搬砖瓦、抬木料、装玻璃、做油漆涂料等技术要求较低的工作。全家大小下班后就加班加点地干，更别提节假日时了。那时钉模板的铁钉要几百斤，我们不光买不到，而且需县计委下达指标才能采购。因此，我们钉模板所需的铁钉，主要靠儿子们到周围的建筑工地拔旧模板的铁钉，几十斤几十斤地捡回家。孩子们还得利用早晚、午休时间把捡回的旧钉子敲直才能使用，既费力又耗时。一家四五个劳力光在做油漆时就消耗掉一大堆旧衣服。有时运来整车的水泥，我们就得自己组织亲戚朋友卸车。我们家老二子龙是强劳力，每次卸水泥他一肩就能扛两包（200斤）。孩子们从小在我娘家高林长大，高中毕业后又先后回高林插队，与乡亲们有着很深的感情。知道我们要自建住房，乡亲们都打心眼里替我们高兴，都热情地支持我们，让我的孩子们到高林山上拾杉木尾、砍榛子树做楼板。子龙一扛就是200多斤重，以致高林很多年轻劳力都说自己"比不过子龙"。子华在建三楼厨房时，不慎从扶梯跌下伤了胸部，当时伤得很重，所幸没有留下后遗症。在一次雨后推运石灰浆的拖拉机上坡时，拖拉机差点滑进路沟，是吴海用撬杆死死扛住拖拉机斗，保住了石灰浆，但吴海腰部也因此受了重伤。有一次下起了大暴雨，洪水从房前滚滚而过。因为想让洪水冲走多余的黄土以减轻运土的压力，子龙和吴海冒雨往洪水中挖土，慌忙中吴海的一块手表也被洪水冲走了。好在不久后吴海就从泥水中摸回了手表。盖房真难啊！为了省钱就得不辞劳苦，我们的房屋除了楼梯、圈梁、走廊是钢筋混凝土结构外，其余都是砖混和木楼板的砖木结构。1985年11月，整栋房屋竣工，建筑面积186平方米，共三层。我深感职业生涯的最后抉择是正确的，如果我没有退休，住房建房就更成问题。如果兼顾家里和单位，既影响工作，体弱的我也必然难以维持健康。所以提前退休，照顾即将成家的孩子们，也成为我必然的、无悔的选择。

（二）儿女婚事从简操办

房屋建成之后，子女结婚成家就成了身为父母的我们需要帮助他们的大事之一。男大当婚，女大当嫁，亲人、熟人、朋友们常常上门为儿女们做媒，我们也意识到4个子女均已到了婚育的年龄，婚事都应在几年内完成。自1985年冬老大子华结婚，到1991年初为止，5年多时间内4个子女都相继完婚。子女的婚事，除了婚房不用愁之外，筹备每场婚礼也是非常烦琐的。20世纪80年代初，婚礼筹办不像现在这么方便。如今家具可以买现成的，婚宴可以委托婚庆策划公司在酒店举办。当年除了手表、电风扇可以买到，自行车、电视机等都要有指标、有供应证才可以买。家具类如办公桌、大小椅子、沙发、床铺、大衣橱等都得自己备料，从买木料、锯板到请木工师傅、油漆工制作，整套家具完成要花两三个月甚至更长的时间。其间，我们还得为这些工匠准备午、晚餐和点心。4个子女的结婚酒席都是在自己家里操办的。在家办酒席是一项程序繁杂的大工程，但我们本着从简的原则，几场婚礼办得还算顺利、喜庆。

首先，组织婚宴操持队伍：在亲友中确定总管、副总管、正副厨师、采买、做饭、借还餐具、排桌传菜、供酒及饮料、杀鸡宰鸭、洗菜洗碗、接待宾客等负责人员名单，落实具体事宜。根据本地的习俗，邀请亲友既要书面通知，也要当面邀请或电话邀请，重要的长辈邀请不能少于3次，而且必须有一次亲自面请，这也需要专人落实。这支30人至40人的队伍，组成人员大多是亲戚好友，从头到尾要帮忙三天至四天。

其次，酒桌上的菜码还要根据宴请习俗。按当时的习俗，猪、鸡、鸭、鱼肉唱主角，所以肉类的需求量很大，有时还得到邻县庆元或汀源乡下采购。每一桌除香烟、糖果、瓜子、花生外，一般还要准备六大盘、八大碗共14道至16道菜，比如拼盘、红烧排骨、红烧全鱼、冬笋炒肉片、全鸡全鸭、鱼片汤、肉丸或鱼丸、炒鲜香菇、墨鱼香菇冬笋片、太平蛋、猪膀蹄、糟焖五花肉等，让厨师们各显身手，确保每道都是美味佳肴。在婚宴安排的程序上，以老大子华的婚宴为例。子华于1985年农历十二月十九日（1986年2月7日）结婚。十八日晚办杀猪宴，本地的乡亲和外地的亲戚朋友已提前到场参加晚宴，他们还会继续参加十九日中午的便餐；十九日晚为婚宴正餐，大部分宾客赴宴；二十日中午专请同事聚餐让大家尽兴；二十日晚宴请建房工程队和打家具的师傅以答谢他们；二十一日中午请家人好友，大家欢聚一堂；二十一日晚为会亲宴，宴请新人双方家人和主要亲戚；二十二日中午为婚宴操持队伍答谢宴。婚宴前后共4天，宴请宾客的工作量之大可想而知。

　　说到儿女们的婚礼，安排来宾的住宿既是烦事也是趣事。当时，乡下来的亲戚和外地来的客人都需要我们安排住宿。来自高林、大红的亲友有大几十号人。除了住在包租县良种场的招待所和城关其他亲戚家的，年纪大的或腿脚不便的亲戚就得住在家里开的临时客房或通铺上，铺盖则从县招待所租借。那时的亲戚们要求不高，能住在我们自建的新房里也其乐融融。大家聚在一起，既庆贺孩子们的人生大事，也分享自己的生活琐事，婚礼成为亲人朋友相聚的难得时机。4场婚礼均简约、热闹，令人难以忘却。

　　孩子们的婚礼既体现双方家庭的联结，也象征着他们新生活的开始。婚礼中的习俗和传统，也体现了我们当地的文化特色。因此，虽然婚礼程序有些烦琐，但却是他们人生不可或缺的、值得怀念的重要仪式。

（三）协助儿媳做好后勤

　　儿子们结婚后，起初我们一大家子都在一起生活，大家其乐融融，但看到我终日忙碌，他们又十分不忍心。为了减轻我的家务劳动量，他们提出各自负责自己的小家，于是陆续在不同的楼层分灶生活。孙子出生后，儿子们说："你们管好我们这一代就已经很好了，孙辈就不用你们管了。"长孙铁寒出生后，子华夫妻俩先请了一个60多岁的浦城保姆，她不会讲普通话，只能用浦城方言和儿媳人君交流，铁寒不太适应。有一天我去买菜回来，在门外大街上就听见铁寒的哭声。我连忙喊："俺寒，奶奶回来了！"铁寒听到我的声音就不哭了。这期间，他们还先后请了东平的小保姆和大红的自家侄女到家帮忙，但都干不久。后来只得请当年子华的奶妈雪凤姨妈来看护铁寒。她年龄虽大，但性情好又耐心，铁寒挺喜欢她。她一直把铁寒带到上托儿所为止。保姆是请来看管小孩的，但保姆也需要适当的培训。子龙的儿子铁成两岁时，请了个东平营前的年轻女孩来带铁成。铁成平时很乖，他母亲出差或下乡时，小姑娘就在晚上陪伴他。铁成晚上睡着后会踢被子、翻来覆去，她无法安稳睡觉，于是她索性用部队的背包带把铁成的手脚都绑起来，使他动弹不得。儿媳不在家时，我夜里就得起来查看。有天晚上我进了铁成的房间，开灯一看，小家伙被绑着而小保姆却呼呼大睡。我推醒了她，批评她这样做对孩子不利。

和孙辈们在一起

她认了错，此后就一直做得很好。吴海的儿子以柯出生后，家里最多同时有两个小保姆。平时儿媳们都去上班，小保姆们自己也是个孩子，就需要我耐心指导。此外，我也关心孙子们的日常生活，确保他们平安、快乐。我照顾好家里的细节琐事，让儿子、儿媳们能安心工作。

（四）热情待客迎来送往

热情接待宾客和亲友们是增进亲人、朋友间感情的必要的一环。我们家亲戚多，且大多是乡下的穷亲戚，他们到县城来办事或走动，都会到家里来看望我们，我都会留他们吃个便饭。我在职上班时，虽然很忙，但只要亲友到来，我都热情接待，他们倍感温馨。在我退休后，亲戚们来家里走动得更频繁了，虽然接待需要时间和耐心，也比较辛苦，但能多给他们一些温暖，我自己也感到很快乐。我亲叔何积培年轻时为了不被国民党抓壮丁，将小腿划破导致严重溃疡，这双腿从此成了顽固的烂腿，20多年后也没有治愈，日常臭不可闻。他自己住的阁楼小屋没人敢进，坐在一张桌上吃饭都能闻到臭味，因此大家都不想靠近他，他更不敢出门做客。我到铁山卫生院工作后，专门将他送到县医院请省里巡诊至政和的外科专家为他治疗。专家们为他清除溃疡，用药物消炎，做了植皮等手术治疗。30多天后，我叔出院回家，他那双从没穿过袜子的脚终于能穿上袜子，终于能感受到冬天的温暖。此后30年他在我弟弟家过上了正常人的生活，有时还能在田里地里帮助打点农活，和侄儿一大家子生活在一起其乐融融，侄孙个个孝顺，使老人倍感亲情的温暖。我退休后经常把他接到家里，陪他到医院检查、护理。在夫家，由于我在外面忙工作，我的大叔子美钦夫妇承担了家里的农活、重活，一年到头没日没夜地苦干。三叔子因患脑膜炎留下后遗症长期在家，婆婆离世后，年幼的四叔子美安也就由我公公和弟媳照顾，大叔子夫妇肩负重担。退休后我们经常把他们接到家里聚聚，让他们放松一下，彼此间的感情更浓了。我的小姑子焕妹也是我们家的常客，她有6个儿子，孩子们成家后矛盾也多了。我们总是耐心倾听她的诉苦并开导她，给了她不少心理安慰。

我的儿子们陆续成家后，为了减轻我的家务负担，媳妇们前期轮流值班主厨。工作日每人每周轮两天，周末由我主厨，其他人配合，大家共同分摊家务。大儿媳人君分娩后，我们开始分灶生活，一到三楼四个厨房（一楼有两个厨房）全都开火，既减少了大锅饭的劳累，也为孩子们提供了自由的空间。1991年初子华调任南平地区市工商局工作后，子龙大部分时间在乡镇忙碌，吴海也经常去岳父母家，于是我们又集中开一个灶，在家的子女们就和我们两老一起生活。大家仍然轮流值日，有主有次，分工配合，既减轻了我的劳动负担，又能享受大家庭热闹的生活。我们家日常用餐都摆满一大桌，晚餐还习惯喝点酒，菜也多几道。但因为一家人都在不同的单位工作，且各自的人缘都不错，同事、朋友、同学、战友时不时地会来家里做客或喝酒小聚。有时前面一桌没吃完，后面的客人又来了，你上我下，来人络绎不绝，甚至从一小桌喝成一大桌。我的接待任务虽然繁重，但与人相聚总是欢乐的。为了应付这些时常出现的情况，我会特意备些家常酒菜，常常用红酒腌制一些猪肉、鸡鸭肉等，方便随时取用。同时，我们也充分利用家中的菜园子，在各季节都种上蔬菜和葱蒜，随吃随摘。家里还常备高粱酒和啤酒等，客人到了即可上桌吃喝。曾经有一次，孩子们的朋友来家里相聚，一大坛刚开封的六七十斤的红酒，一个晚上竟喝得见底了。于是，每年入冬自酿几坛红酒也就成了常态。

我和美焕以前的老领导、老同事回政和故地重游时，我们都会盛情接待。过去在一起工作时，我们与他们中的不少建立了非常深厚的感情，他们离开政和后难得回来，每次见面都是期待很久的重聚。每次他们回政和，我们都邀请他们来家里住，方便交流、叙旧，分别时大家总是依依不舍。

此外，我们与亲戚们也往来频繁，关系很密切，大家在生

我们和亲家许仰诚的合影

我们的外甥们（我小姑子的儿子们）来看望我们

堂弟何小觅、邻居陈高荣来我们家看望

活上也给予了我们很大的帮助。

（五）环境清洁创建文明

我们家地处南大街青龙庄中心地带，搞好环境卫生清洁、建好美丽文明庭院，对左邻右舍及周边社区都能起到非常好的带头示范作用。我们家位于三叉巷口的特殊三角地带，和三个儿子合盖的房子总占地面积达400多平方米，设计时特意多留空地。我们充分利用这些空地种植了蔬菜、水果和多种花卉，平时尽量保持园子整洁、干净，屋里的家具和物品也安排得井井有条。整个住所通风良好，阳光充足，每个角落都透露出整洁和舒适的氛围，客人坐在客厅里，透过窗户就可以看到院子里赏心悦目的鲜花和草坪。县里或街道组织精神文明检查时，我们家就成了常被参观的"景点"，几次被地县评为先进典型。1997年3月，我家被县里评为"五好文明家庭"，同年9月被南平市评为"五好文明家庭"，1994年10月被南平市妇联授予"五好家庭标兵户"称号并颁发奖牌和奖状。

十三、夫妻同心，同舟共济

我和美焕性格脾气、生活习惯、能力水平和兴趣爱好都各有不同，有的还截然不同，比如：饮食我怕寒、他怕热，我怕咸、他怕辣；走路他偏快、我偏慢；脾气他急我犟；连睡觉盖的被子也厚薄各异。他在外协调办事能力很强，但在家里从不干家务，日常生活都由我帮他打点，他也习以为常。好在我们有相同的理想志向、党性原则、品德修养和行为准则，志同道合的方面还真不少。

（一）对党忠诚、敬业，无条件服从组织决定

从参加工作起，我们工作岗位调动频繁，聚少离多。我们勤勤恳恳工作，只求出色完成任务，不在乎职务晋升。为了兼顾家庭和孩子，1962年我和美焕不要求职级，只请求同回铁山区一起工作生活，组织上于8月份批准我们同回铁山区，美焕从县国营造纸厂书记调任副区长，我从熊山区委副书记调任铁山区委委员、妇联会主任。但到1964年3月，美焕又被调到凤林公社任党委书记，接着到石屯公社任党委书记。直到1975年，我们才全家团聚。我们夫妻虽然长期两地分居，子女从小无法和我们一起生活，但只要是组织做的决定，我们从没有二话，坚决服从，从来不拉对方后腿，从没有埋怨责怪，互相支持、互相鼓励，共同克服各种困难。

（二）尽职尽责，先公后私，从不以权谋私

我们夫妻都把尽责履职看作天经地义的首要义务，所以加班工作、推迟回家、耽误吃饭都是常态。全家进城生活后，我们的子女们主动分担了挑水、砍柴、洗衣、做饭等一切家务活，目的就是让我们在繁忙工作之余尽量不受家务劳累。孩子们的贴心和吃苦耐劳常常让我们感到安慰和自豪。我们工资不高，生活一直较拮据，但是我和美焕始终坚持干净做人，从政清廉，绝不占公家便宜，绝不以权谋私。美焕工作的县良种场果园遭狂风袭击，子龙和吴海与良种场职工一起抢收满园落果，当场里决定将伤残水果按低价分给我家一份，我们特地交代孩子一定要付清现款才能拿回家。那时我们家公房和良种场

办公楼只有一墙之隔，有时上级来客会到家里喝茶，场部通讯员也会将公家的备用水果端到我家接待客人，送走客人后，我们也坚持让通讯员将剩余的水果归还办公室。我们历来反对大操大办喜庆活动，更看不惯巧立名目收礼敛财。政和城乡给老人拜寿的氛围很浓，每年有哪些老人过大寿，亲友们都记得清清楚楚，如数家珍。对逢寿人家，从大年初一开始，各路亲友会轮番上门大放鞭炮，接连不断，震天动地，而后就择吉日大摆宴席，将寿庆活动推向高潮。但我和美焕有个共同的约定，我们一辈子都不举办庆寿活动。我们夫妻俩同年同寿，在政和的亲友很多，儿女们的朋友更多，要为我们祝寿的亲友少不了。只要有一个人上门放鞭炮，局势将一发不可收拾。因此，我们每逢大寿就躲起来，不到年关就到孩子们工作、生活的城市过年，以躲避亲友们的贺寿，渐渐地这也就成了惯例，亲友们也能够尊重、理解我们的态度了。我们认为，安静俭朴过好寿庆，既是党员干部廉洁自律的要求，也是不给亲戚朋友添麻烦的善举，更是清静养生、淡然康寿的需要。我的儿女们说，如果我们两老真能长命百岁，他们仍然会让我们过一个低调、安静、轻松、快乐的百岁寿庆。

（三）以诚待人，与人为善，上下级和谐相处

我们在各个岗位上都坚持按党性原则秉公办事，同时做到以诚待人，与人为善，处处维护团结，营造和谐环境。虽然有时难免会得罪人，也少不了有对立者，但我们有一个共同点，就是在工作过的地方，都能被群众所认可。我们在"文革"时挨批斗，地方群众从不为难我们。退休多年后，我们仍能得到大家的肯定和尊重。我的子女们也从不为我们官位不高感到遗憾，而以我们口碑好为荣。受我们的影响，他们也能尽职做事，低调做人，诚恳待人。

（四）只管做事，不求做官，淡泊名利

我和美焕分别是童养媳、放牛娃出身，我们铭记是共产党让我们翻身得幸福，我们只有为党、为人民忠诚奉献的义务，而绝没有向党和人民伸手要官和讨价还价的权利。因此，虽然我们在各个岗位上都努力创先争优、不负重托，可我们从来不向组织提有关个人职级待遇的要求，只求把本职工作做好、做实，问心无愧。1961年，我从城关区委副书记任上调回铁山区工作，在妇联主任、卫生院长岗位上干了十多年，但我从无怨言，始终尽职履责，让单位的医疗卫生服务工作更上一层楼，

1958年和公婆及叔子们合照

做到干群拥护、百姓满意。

（五）以德为重，以孝为先，携手修身齐家

注重品德修养，端正言行举止，严守正派作风，既是为人为官的准则，也是维护夫妻和家庭和谐稳定的根本。我的母亲是方圆百里积德行善的典范，也是以德育人的楷模，她对我一生为人做事的影响很大，而吴氏家族文化的核心也是"至德"。所以，以德持家是我们的共识，也是我们百年好合的纽带。百善孝为先，尊老尽孝既是为人子、为人媳的首要品行，也是处理夫妻关系、维系家庭和谐的灵丹妙药。美焕对我母亲感情极深，和我娘家人亲密无间；我对公公婆婆及婆家大大小小也处处尽到长媳、长嫂的责任。

我婆婆英年早逝后，我对照顾公公和年纪尚小的小叔子们更是责无旁贷，小叔子们对我这个大嫂也很尊重。我的二叔子美煊大学毕业后走上工作岗位，就将他第一个月的工资交给我这个大嫂，现在想起来还倍感温暖。我的公公对我从来十分信任，家里有困难或每个月要用钱时便来找我，我即便拮据也都尽可能先解决他的开支问题。1971年，公公要求在老家大红元尾建一栋新宅，我全力支持。宅基地选址和审批手续都由我出面办理。盖房子所需木材由我到娘家高林村审批，总材积达58.75立方米，缴育林金150元，人工运费计675.40元，共825.40元，在当时这笔钱对我们来说是巨款。当时我的每个月工资为41元、美焕53元，维持全家开支十分紧张，连女儿都只能穿老大从部队带回的小号军装，想要一件花布衣服，我们都没同意。后来二叔子美煊支持了120元，大红家里筹款299

元，剩下的400多元均由我和美焕筹借。新房建好后，老宅给三叔子美均居住，新宅为大叔子美钦与小叔子美安所有，我们和二叔子美煊都主动放弃祖宅与新宅的分配权。长兄为父、长嫂为母，为了婆家，我们总是尽心尽力，但我们的努力也得到了全家大小的认可，故而倍感欣慰。

（六）言传身教，培育良好家风

我和美焕工作时无法将儿女带在身边，他们都是在奶妈家、保姆家或我母亲身边长大，从来没有获得干部子女的优待和优越感。让我们欣慰的是他们从小就适应了勤劳、贫苦的生活。我们对儿女虽心怀亏欠，每次与他们相聚都总有一份难舍和依恋，但我们更懂得从严管教子女的重要。所以我们与儿女在一起的时间越少，越会珍惜这宝贵的时间，关心他们的思想、学习、生活及各方面言行表现，引导他们反思自己的行

1976年子华参军，全家合影

1981 年夏全家合照

为，改正存在的缺点和不足，同时也引导他们培养同理心，站在他人的立场上思考问题，尊重不同的观点和感受，与同学、同事和同行保持和谐的关系。因为我们对子女重管教、不溺爱，久而久之，单位同事、邻里乡亲、熟人朋友和孩子的老师们都成为帮我们管教子女的严师、参谋和帮手。我在学习文化知识方面帮不了子女们的忙，但我深知在他们品行的养成上，我们作为父母有着不可推卸的言传身教的责任。

正因为我和美焕在大节上有这些共同点，所以在小节上虽有许多差异和矛盾，我们都能求同存异、抓大放小，有时他进我退、我硬他软，但在更多时候我们能做到刚柔相济、取长补短。我体会到，夫妻生活少不了矛盾、争执和磕碰，但离不开相互理解、宽容和谦让。我更体会到，我和我的老伴能够健康长寿、白头偕老，除了夫妻之间相亲相爱的力量以外，就是因为子女们的百般孝顺让我们能够健康快乐地安享余生。

十四、慈母仁爱，恩重如山

我母亲谢桂英自19岁嫁到高林与我父亲成亲后，就没过过几年好日子。父亲38岁病逝，弟弟德景11岁夭折。这接连的沉重打击，给年轻的母亲带来了莫大的悲伤和痛苦。父亲辞世那年，母亲仅26岁，为了孩子们，她坚决守寡，苦守家门，再苦再累也不肯改嫁。我明白，她是因为日子实在过不下去了，才不得已狠心将我送人做童养媳，但她始终关心着我的生活和成长。她虽然受封建礼教束缚，但我与黄家解除婚约后，她也十分支持我和美焕的自由恋爱。一方面因为美焕在高林乡公所任民政干事期间的为人处世获得了母亲的好感；另一方面是因为美焕的父亲吴马河在中华人民共和国成立初期随土改工作队到高林当帮手，颇有声望和口碑。我脱产到城关工作时，是全县为数不多的年轻女干部，当时不少南下干部和当地的年轻干部都想和我处对象，有的还请县领导出面牵线。我当时坚决表示，我只想用心做好工作，不会过早考虑婚姻问题。1955年末，我和美焕正式向组织提出确定恋爱关系，美焕给我母亲写了一封信，由我弟弟带回家。信的大意是，他和我已打算向组织上申请确定恋爱关系，就算组织上不能批准，他也会把我母亲当作自己的母亲来爱戴。后来，我经组织同意与美焕结婚后，美焕也深深体会到了岳母的关心、爱护和支持。

由于我和美焕工作岗位调动频繁，又总是各居一方，以至于生了四个小孩也没有一个可以安顿的家。到了饥荒的1960

年，子龙因各个奶妈都缺奶水而饿得皮包骨头，我母亲在危急时刻决定将两个外孙接回高林，由自己和未满18岁的儿媳来抚养。母亲说，不管有多难，起码要先保住孩子的性命。为了让我和美焕能够安心在外工作，我母亲就携我弟媳将我们的孩子一个又一个接回高林家，同他们陆续出生的表弟妹们一起生活，在那个温暖的家一起度过艰难而幸福的童年。有时，母亲想叫某个孩子，连叫几个名字才叫对了人。在这个家有个有趣的现象，除了我的子女跟着舅舅称呼我为"俺姐"，侄儿侄女们也都跟着我的子女称呼我的母亲为"俺婆（外婆）"，而不是"奶奶"。长此以往，外人也都习惯了孩子们这种统一的称呼了。按照我母亲的说法：4个外孙（3男1女）加6个孙儿（3男3女）叫"十全十美"。

母亲摄于1976年

母亲、弟弟和我们俩摄于1957年

1992 年，我们和母亲在一起

　　我的母亲除了确保孙辈的生活，更重视后辈的思想品德教育和言行举止修养，把我的子女们一个个从严管教到小学毕业，才送出高林。我的子女们能一个个长大、成才，都归功于严格又慈爱的外婆。孩子们认为他们得到的最好的教育来自外婆，认为外婆是了不起的教育家，懂得他们的秉性和教育方法。细细总结、回味母亲的坎坷一生，我渐渐感悟到：当初她忍痛割爱将我送人做童养媳，坚贞不渝，艰辛守寡，靠她柔弱的身躯拉扯儿子成人成家，为的是赓续夫家血脉，传承何府香火，这是"大德"；儿女成家后，她没有重男轻女，而是携儿子、儿媳举全家之力关爱、培养外孙，以支持我和美焕工作，消除我们的后顾之忧，让母亲名下的 10 个孙儿、外孙同堂成长，实现了她"十全十美"的理想，这是"大爱"。

母亲为后代操劳了一辈子，立下了汗马功劳，我们也总是尽一切努力来报答她的恩情。在母亲有生之年，我和美焕反复动员她来和我们一起生活，无奈她总以各种理由留在高林老家，所以我和美焕及子女们都尽可能多在节假日回高林陪伴她。只要她生病或不舒服，我们一定第一时间带医生或药品赶到她身边看望。为了庆祝母亲80岁寿辰，美焕亲自到福州台江区一家有名的工艺美术品厂定做了一个题词"德范永辉"的烤漆牌匾以表示对母亲的敬颂。我母亲于88岁去世时，正逢2002年国庆长假（10月2日），全家老少大部分都回去为她送终。远近的乡亲们都赶来送别这位高尚慈爱的长者，送葬队伍庞大绵长，那情景在十里八乡也是少见。虽然母亲的墓地离高林家有十多里远，且有两三里汽车不能行驶的山路，路弯坡陡，但每年清明节，我们全家老小都一定前往扫墓。

慈爱的母亲德高望重，不仅是儿孙，连乡亲们也常常叨念、感恩母亲对他们的关怀和照顾。我对母亲总是怀念不已，思念不绝，三天两头在梦中相见。2007年，我们把母亲遗骨装进陶制骨灰瓮，接回高林，安置在地势较高的自家后门坡地，两年后再移葬至离家一里多的牛岗坪。母亲的墓碑上镌刻着子华撰写的对联："一生洒尽慈母泪，苦守家门，坚贞厚德，恩泽满堂子孙；百年修善菩萨心，乐施慈悲，鸿仁博爱，誉享广宇山乡。"

母亲在我们全家老小的心目中，既是慈爱的母亲，也是伟大的导师；既是生活的导师，也是做人的导师；既是儒教的样板，也是道德的楷模。在2005年母亲去世一周年的清明节，女儿庆玲为了表达对外婆的怀念之情，写了一篇纪念文章《外婆镌刻在我的生命中》，刊登在《闽北日报》上，亲人、同事、朋友和熟人们读了这篇文章无不感动落泪。

十五、姐弟深情，永生难忘

我和弟弟自小相依为命。父亲去世时，我8岁，大弟德景5岁，小弟德仲才出生8个月。母亲料理了父亲的后事，在自家后山的一棵柳杉树下选定墓穴，雇6个人抬棺木埋葬了丈夫。我带着5岁的大弟弟德景去送葬。一路上，我拉着弟弟的手，跟在母亲的后面，因为悲伤和寒冷一直哆嗦着身子。天空阴沉沉的，似乎也被悲伤所笼罩。我和弟弟哭着，一路跌跌撞撞到了墓地。当看着父亲的灵柩被抬棺的人缓缓放入墓穴那一刻，我心中的悲痛达到了顶点，终于放声大哭。我真的无法接受慈爱的父亲已经永远离开我们的这个残酷的现实。

回想起当时悲惨的情景，我的内心既伤痛，又对母亲的坚韧和刚毅充满敬仰。从此，我和大弟弟对母亲更加体贴，总想多替她分担生活的重压。大弟弟德景长得清秀俊朗，从小聪明懂事。他体谅母亲的艰辛和痛苦，最怕母亲改嫁，总想为她尽力分忧。在母亲最困难的时候，他总是依偎在她的身边，宽慰母亲说："你别担心，一切都会好起来，我会快快长大，将来一定不让你再吃苦。"从五六岁开始，他就抢着干各种家务活，凡有走亲戚、送东西、探消息、传口信等跑腿的事，他都干脆利索地办理，既让母亲放心，也深受众人夸奖。我离家去做童养媳后，他更成了母亲的左膀右臂。他11岁那年年初，母亲派他去离畲头不远的坪溪洋村找东家结算，领取家叔打工的工钱。他经畲头路过我的婆家探望我，顺便请我婆婆将他带来的一小袋草包饭热一热，这样到家时他就能吃这袋草包饭。他的饭很少，而我婆家是大锅饭，婆婆不肯开口给他添点饭。弟弟吃完午饭就告辞回去了，我心里很难过。也是在这一年的清明后不久，有一天，我正在门前扫地，我唤作颜仙伯的长者对我说："你大弟弟患麻疹，已经走了。"我一听，扔了扫把，回家号啕大哭。婆婆看我哭得悲天怆地，也无法劝解，就对我说："明天让你回娘家住两个晚上，去看看你母亲吧。"我哭了一夜，熬到第二天，天不亮就一个人翻越阴森恐怖的深山，一路哭着赶回高林家里。母亲正做着针线活，面无表情地看着我，我知道她已经把眼泪哭干了。看到她身后壁板上依然挂着德景专用的柴刀及刀鞘，我便忍不住号啕大哭。我回忆着德景在世时的点点滴滴，悲痛至极。他的勤劳、独立和超出他年龄的善解人意让我念及便心痛不已。母亲满怀悲痛哽咽着向我诉说了德景的不幸。原来，弟弟在不久前得了麻疹，烧退后，病情刚有好转的第三天，他看到原计划栽种的田埂上豆苗长得很长，再不移栽豆苗就会耽误了种植时期，造成浪费。于是他背着母亲，拔了豆苗，挑着草木灰，带着农具，悄悄从后门绕到自家水稻田，蹚入冰冷的水田抢栽田埂豆。结果因汲水受凉导致病情恶化，高烧3日后，我懂事的大弟弟德景就结束了年仅11岁的生命。我无法想象母亲以何等的毅力面对这无法言喻的骨肉分离的悲痛。我在家与母亲及6岁的小弟德仲相伴不到两天，满心伤痛和牵挂，虽依依不舍，但还是按母亲的要求按时回婆家。第二天傍晚天黑前，我一路走一路哭着独自返回婆家。泪水模糊了我的双眼，仿佛这个世界都变得模糊不清。回想起大弟弟，我的悲伤至今无法言说。

德景去世后，母亲便以全身心呵护养育我的小弟德仲。母亲仍然帮人做些针线活，有一餐没一餐地过着穷苦的日子，守护着小弟一点点地长大。盼星星，盼月亮，母亲终于在她36岁的1949年获得了翻身解放，弟弟德仲也能上学读书了。德仲小学毕业后即回乡参加工作，当上了乡信用社干部。他18岁时，从大红源头迎娶了16岁的张金珠。弟妹金珠虽年轻却懂事贤惠，从此母亲身边有了个既温顺听话又麻利能干的儿媳妇相伴。德仲于1960年加入中国共产党，在高林公社（大队）会计、团支部书记、党支部副书记等岗位上锻炼。因德才优秀，工作出色，组织上曾两度提出调他去当脱产国家干部。但这个从小与母亲相依为命的孝子丢不下孤寡的母亲和贤良的妻子，毅然婉拒提干，甘愿当个不离乡土的半脱产干部，每个月工资仅19元。此后，德仲从1976年至2006年连任高林村党支部书记达31年之久。村部张天到古林家中隔着好几里远的陡峻山路，但他白天再忙、夜里再迟都要打着手电赶回家里陪伴母亲、嘘寒问暖。他曾三次在路上被毒蛇咬了，幸好都及时疗伤，安然脱险。弟媳言语不多，贤惠勤劳，敬爱丈夫，孝顺婆婆，慈爱老幼。她每天从早到晚劳作，做饭、洗衣、缝补、纳鞋，上山采野菜，下地种植收割，既要养猪、养兔、养鸡鸭，还要照顾内外，迎来送往。她无私奉献，艰辛拉扯着6个儿女及几个外甥成长，自己则积劳成疾，于1980年因患肾病综合征导致尿毒症而不幸去世，年仅38岁。我母亲一生历尽饥寒困苦，遭遇早年丧夫失子、晚年痛失孝媳等身心摧残，还有哮喘、咳血等多病缠身，仍能活到88岁高龄，多亏了德仲的尽孝。

德仲贴身照顾母亲，也始终关爱着我这个姐姐，对美焕也是爱屋及乌，在我和美焕还没有明确恋爱关系之前，他已和美焕亲密无间，美焕对他也是亲如弟弟。我把4个孩子先后送回高林由母亲和德仲夫妻抚养和照看，虽然德仲自己陆续有了三男三女，家庭负担特别重，但他仍一心一意为我和美焕消除后顾之忧，是我们可靠的后盾。对此，我的弟妹金珠也毫无怨言，始终把外甥当自己的孩子对待。我的弟弟难能可贵的是，他在肩负着抚养外甥重担的同时，还要将更多的心血和精力投入孩子们的品德教育上。在从严管教方面，他对外甥比对自己的子女更严厉、更细致、更用心。有了兄长们做学习和工作上的榜样，侄儿侄女们也自然跟着他们的步伐前行。在我的子女们的成长过程中，他们始终都把舅妈当作母亲，把母舅当作自己的慈父和严师。

过去我忙工作，虽与弟弟手足情深，但在一起的时间不多。我和弟弟先后退休后，就希望创造条件多在一起生活，我的子女们也都把与父母及舅舅相聚之时看作最欢快、开心的节日。所以，长期以来，在外地工作的孩子们只要回政和，就一定要请舅舅来聚聚；要是他来不了，孩子们就扶老携幼到高林舅舅家里相聚。2008年春节，我们全家在高林庆贺德仲70寿

2016 年 11 月，我和美焕回高林弟弟家

辰，整个春节假期，30 多口人在家里团聚了好几天。高林不仅是子女们的乡思、乡愁寄托地，也成了我们孙辈甚至曾孙辈最向往的儿童乐园。弟弟常自豪地对我说，他很满足了，除了靠儿女，还可以靠外甥。2010 年 8 月，我和美焕离开政和到武夷

山生活后，我和弟弟只能三天两头通过电话保持联系。其间，弟弟也曾多次到武夷山与我们相聚，一起到周边游览。我和美焕过70岁和80岁寿辰时，都请德仲及续弦家珠陪我们到厦门和漳州过年，既避开亲友祝寿的吵闹，又能借寿相聚。

在我和美焕即将从武夷山搬到厦门生活的时候，2016年11月，我们在子华和子龙的陪同下从武夷山回高林看望弟弟，并合影留念。

我和美焕到厦门生活后，虽与子孙们距离近了，但也与弟弟离得更远，电话联系也更密切了。2017年11月2日，我们请德仲与家珠来厦门到我们位于海沧天心岛的新宅同住一段时间。子龙精心安排住行，吴海从浙江金华提前赶回厦门陪同，子华虽在职，也总在周末从漳州回厦门陪伴。弟弟来厦门与我们聚了半个多月，在此期间我们和子龙、吴海及铁元等小辈们陪他们在岛内、海沧、集美等多处游览、观光，并驾车到南靖土楼景区看名楼、住民宿、品小吃，玩得十分开心。随后，美焕及子华三兄弟陪他们到漳州，在那里游览了碧湖公园，参观了芝山公园菊花展和梅展。他们于11月20日返回政和。

德仲这次厦门之行，是他离家时间最长的一次出行，也是我们姐弟相伴时间最长的一次欢聚，但却是我们这一生最后的相聚。离开厦门时，他还向我承诺：明年再来厦门、漳州，以后每年都来。可是，谁能想到，3个月后就传来噩耗：2018年农历正月十二日（公历2月27日）下午，德仲去后山自家的板栗林清理山场，回来时在陡峭而僻静的山路上因心脏病发作摔倒不起，不幸去世。子华和吴海同时接到高林家中表弟打来的电话，刚在天心岛家里吃完晚饭的全家人都惊呆了。我思维停滞，听到孩子们开始号啕大哭时，我心如针扎，阵阵闷痛，欲哭无泪。我质疑命运的不公，联想起所有的不幸：我父亲38岁去世时，我母亲才26岁，弟弟德仲只有8个月大；大弟弟去世后，我这个姐姐能呵护的也只有这个比我小7岁的小弟弟。他怎么能这样突然离开，先我而去，让我来承受这样的打击？从那时起，我每天都在思念弟弟，悲伤难过，不时痛哭，流泪不止，头晕的症状也越来越严重。

子华兄妹4人赶回高林料理舅舅的丧事，在高林家里住了8天。丧事办得简朴隆重，回来后，子华执笔写了悼念文章，先后在《闽北日报》《闽南日报》和《政和报》上发表。对舅舅的思念，深深地埋藏在他们的内心深处。

这之后，子女们反复做我的思想开导工作，希望我能从忧思伤痛中解脱出来。我尽最大的力量克制自己，要求自己接受现实，平复情绪，但头晕的问题就是缓解不了，因为我对弟弟的思念也始终没有任何减轻。孩子们陪我去医院检查、接受诊断，看西医、中医，还打听到厦门软件园有一个老中医善用针灸治头晕，便先后陪我去做了几次针灸治疗，只是不见效果。

半年后，也许是我对自己的身体越来越缺乏信心，或许是"落叶归根"的念头在起作用，我逐渐表露出想回政和老宅生活的念头。我向他们说明：回到政和老家有亲人走动，有熟人招呼，也有社区活动，可能有助于缓解我的头晕。子女们最终同意了我的想法，不再规劝我们重回厦门。孩子们安排了时间开始修整老宅、完善设施、雇请保姆，安排好兄妹按月轮流陪伴。我们体会到，当年离开政和，是儿女们为我们安享晚年创造条件，而最后回归老宅则是我们安顿晚年的正确抉择。

我心里清楚，我原本是被德仲的离世打击至身心受损，才决定回归故里。但我回政和后，却再也没有勇气进高林一步。因为高林的天，高林的地，高林的山，高林的路，处处都有弟弟的身影，是我步步流连、寸寸难舍的。那座充满母女爱和姐弟情的温暖房屋，每一个角落、每一处景物都辉映着弟弟的音容笑貌，是我忍不住悉心端详、抚爱和相拥的。我明白自己的脆弱，即便尚有一点气力也不忍再回高林。儿女和侄儿、侄女们也理解我，不让我再回高林。好在我和美焕回到政和后，除了有儿女们的轮流陪伴外，还有弟弟庞大的孝子贤孙队伍给我们送温暖、送安慰。我的3个侄儿，两个在公安系统任职，一个在村里继承"父业"当了5任党支部书记和市人大代表；三个侄女也都各有各的成就，儿孙成群。这群孩子早年丧母、中年丧父，对我和美焕都有着对父母辈的深情厚爱。我们回政和，也免除了他们前往武夷山或厦门看望的辛劳。现在他们只要有空，或每逢节假日，随时可以来我们家看看、坐坐、聊聊或聚聚，我们少了孤独感，他们也少了失落感。只是我对弟弟的离去，总是心有不甘。那份姐弟深情，让我刻骨铭心。

正如我那个年代的所有人，我的人生经历如同风云变幻的曲折旅程，既充满了艰辛、苦痛和挑战，也让我收获甚多。我想通过这段对自己人生的回顾，表达对过去时光的怀念，以及对我人生道路上理解、帮助、支持我的亲人、朋友、领导和同事们的感恩。如今我虽已是耄耋老者，时时面对病痛，但我会一如既往地以坚强的毅力和乐观的态度努力克服困难，继续做一个勇敢生活的强者，努力争取再多活几年，既可多见证儿孙们的奋斗成果和幸福生活，也可多享受国家强盛和民族振兴的美好时光！